NE VOIS AUCUN MAL
LES GARDIENS ALPHA - LIVRE UN

KAYLA GABRIEL

Ne vois aucun mal
Copyright © 2018 par Kayla Gabriel
ISBN: **978-1-7959-0286-1**

Tous droits réservés. Aucune partie de ce livre ne peut être reproduite ou transmise sous quelque forme que ce soit ou de quelque manière, électrique, digitale ou mécanique. Cela comprend mais n'est pas limité à la photocopie, l'enregistrement, le scannage ou tout type de stockage de données et de système de recherche sans l'accord écrit et expresse de l'auteure.

Publié par Kayla Gabriel
Ne vois aucun mal

Design de la couverture copyright 2017 par Jessa James, Auteure
Crédit pour les Images/Photo : Depositphotos: VolodymyrBur; GraphicStock; Fotolia.com: satyrenko

Note de l'éditeur :
Ce livre a été écrit pour un public adulte. Ce livre peut contenir des scènes de sexe explicite. Les activités sexuelles inclues dans ce livre sont strictement des fantaisies destinées à des adultes et toute activité ou risque pris par les personnages fictifs dans cette histoire ne sont ni approuvés ni encouragés par l'auteur ou l'éditeur.

BULLETIN FRANÇAISE

REJOIGNEZ MA LISTE DE CONTACTS POUR ÊTRE DANS LES PREMIERS A CONNAÎTRE LES NOUVELLES SORTIES, OBTENIR DES TARIFS PREFERENTIELS ET DES EXTRAITS

https://kaylagabriel.com/bulletin-francais/

CHAPITRE 1

PÈRE MAL

Dominic « Père Mal » Malveaux posa ses coudes sur la rampe branlante du toit de l'hôtel Monteleone. Il plissa les yeux contre la lumière vive du soleil de ce milieu de matinée de printemps tandis qu'il parcourait du regard les toits de la Nouvelle-Orléans. Chaque fois qu'il avait besoin de réfléchir, il quittait ses somptueux appartements au dernier étage du Monteleone et montait sur la terrasse. L'endroit lui procurait paix et silence, loin de ses nombreux subordonnés et de leurs perpétuelles inepties. Il lui procurait également une vue à couper le souffle sur le reste de la ville et le fleuve Mississippi.

Ce jour-là, la vue était aussi spectaculaire que d'habitude, mais son plaisir était entaché par une sensation inhabituelle. Un doute, peut-être. Il était tout près de percer le secret ancestral que le prêtre vaudou Baron Samedi avait laissé derrière lui. Une sorte d'énigme, censée révéler le secret des Sept Portes. Le moyen le plus rapide d'écarter le Voile, cette mince barrière entre ce monde et le suivant. Le chemin le plus court vers le royaume des esprits et un endroit auquel Père Mal avait vraiment besoin d'accéder.

Combiner sa propre illustre puissance à celle des esprits de ses redoutables ancêtres serait un coup de maître. Père Mal était déjà puissant, mais une fois qu'il aurait détruit le Voile et réuni les deux mondes, plus rien ne pourrait l'arrêter. Le Médecin, ce salopard fouineur et menaçant, s'effondrerait aux pieds de Père Mal. Les gens étaient naïfs de croire que les mensonges du Médecin, lorsqu'il disait représenter une force supérieure, étaient vrais. Père Mal l'avait cru aussi, autrefois.

Mais à présent... Père Mal savait que cette vipère de Médecin était un menteur. Père Mal allait le faire tomber, et violemment. Dès qu'il aurait mis cette pseudo-prêtresse à genoux.

Les poings de Père Mal se serrèrent à la seule pensée de Mère Marie, comme elle se faisait désormais appeler. Cette garce prétentieuse. Elle n'était rien lorsque Père Mal l'avait trouvée, elle suivait aveuglément les principes du vaudou sans les comprendre vraiment, sans apprécier l'art d'équilibrer les magies noire et blanche. Sans « l'Oncle Dominic » pour lui indiquer la marche à suivre, où serait la petite Marie aujourd'hui ?

« Patron. »

Père Mal se retourna et vit son bras-droit, Landry, traverser à grands pas la cour immaculée, l'air agacé. Physiquement, Landry était l'exact opposé de Père Mal, ce qui faisait d'eux un duo intéressant. Landry était petit, il mesurait moins d'un mètre soixante-cinq. Sa peau était d'une pâleur hors du commun, de sorte que malgré ses évidentes origines afro-américaines, il était restait pâle comme un linge. Il portait également des costumes larges, qui lui allaient mal ; si Père Mal n'avait pas exigé que sa tenue de travail fût convenable, nul doute que Landry n'eût jamais porté que des shorts de sport, des baskets et un sweatshirt miteux des Saints. À côté de la haute taille, de la peau caramel, des smokings et de la grâce toute européenne de Père Mal, Landry ressemblait exactement à ce qu'il était : un subordonné sournois qui s'occupait des basses besognes et obéissait promptement aux ordres de Père Mal.

« Landry, » dit Père Mal en lançant à son employé un coup d'œil acerbe face auquel la foulée précipitée de Landry ralentit jusqu'à devenir hésitante. « Je pensais que nous étions d'accord sur ce qui se passait quand je suis ici, sur le toit. »

Les lèvres de Landry s'affaissèrent, mais il avança néanmoins.

« Oui, Monsieur, » dit Landry, dont le français était massacré par son accent américain de basse classe. Bien évidemment, Père Mal supposait que tout le monde ne pouvait pas s'exprimer avec le même accent créole haïtien que lui-même et sa protégée d'autrefois, Mère Marie.

« Et pourtant, » dit Père Mal en baissant brièvement les yeux vers Landry par-dessus la large arête de son nez, te voici.

– Nous avons trouvé la sorcière. Peut-être. Je crois, » dit Landry en s'arrêtant à quelques pas de l'endroit où Père Mal était appuyé contre la rampe. Landry remua une ou deux fois sur place, s'agitant sous le regard de Père Mal. « Je me suis dit que vous voudriez être au courant le plus rapidement possible.

– Entrons, » dit Père Mal en s'écartant de la rambarde pour se rendre à l'intérieur d'un pas martial. « Je ne veux pas créer un précédent, en te laissant croire que tu peux faire irruption dans mes pensées quand ça te chante.

– Monsieur, » dit Landry en hochant la tête avec soulagement.

Ils rentrèrent en suivant le chemin de Landry en sens inverse, Père Mal ouvrant la marche jusqu'à un ensemble de divans moelleux installés à l'écart dans un petit coin bar. Les week-ends, le bar huppé aux murs lambrissés était bruyant et grouillant de monde ; à cet instant précis, il était vide et silencieux, l'idéal pour la conversation à venir.

« Très bien. Dis-moi ce que vous avez trouvé, » dit Père Mal en s'installant sur le plus grand des divans. Landry s'assit sur la causeuse qui se trouvait à côté, en tripotant nerveusement l'immonde cravate verte qu'il portait.

« Attendez une seconde, » dit Landry. Portant ses mains en coupe à sa bouche, il beugla, « Amos ! Amos, amène la fille ! »

Landry avait un léger demi-sourire aux lèvres tandis qu'un de ses subordonnés à la même allure que lui traînait une adolescente maigre dans la pièce. La fille avait la peau couleur crème au caramel, un parfait mélange créole, et elle portait une robe moulante d'un bleu électrique qui faisait ressortir ses yeux couleur de miel. Pour l'instant, lesdits yeux étaient emplis de larmes, ses longs cheveux étaient en désordre et son visage exprimait à parts égales la peur et la fureur.

Père Mal trouvait sa beauté attirante, mais ses larmes le révulsaient. S'il avait voulu de l'humanité, il ne serait jamais devenu un prêtre vaudou d'une telle envergure, il n'aurait jamais appris tous les anciens secrets, ni jamais récité les paroles qui avaient laissé sa personne humaine derrière lui et rendu son âme immortelle. Plus il s'éloignait de ses débuts mortels, plus les humains et leurs viles émotions le dégoûtaient. Les larmes de la fille, la lueur d'autosatisfaction dans les yeux de Landry... Père Mal réprima un soupir d'ennui.

« Je l'ai trouvée qui dansait dans un club de Bourbon Street. Elle a une grande gueule, elle m'a raconté qu'elle sait lire les énergies et que sa mère tient une boutique sur le Marché, » gronda Amos. Il tourna son regard vers la fille et la secoua sèchement. « Parle-lui de la dame que ta mère voit sur Le Marché.

– Tu crois que je vais t'aider, ricana la fille. Tu m'as traînée dans toute la ville. J'crois même pas que tu vas me payer pour toutes ces danses privées. » Landry s'éclaircit la gorge.

« En ce moment-même, mes gars sont en train de mettre ta mère à l'arrière d'un van, » dit-il à la jeune femme. « Toi et ta mère, vous allez nous aider à trouver cette sorcière, ou je vous tuerai toutes les deux. »

La bouche de la jeune fille s'ouvrit et se referma plusieurs fois, béante comme celle d'un poisson hors de l'eau.

« Andrea, » dit Amos en lui secouant de nouveau le bras. « Vas-y, parle.

– Elle... M'man dit qu'il y a cette fille blanche qui vient tout le temps dans sa boutique chercher des trucs pour, genre... rendre sa magie moins forte ou j'sais pas quoi. Elle voit des fantômes, cette dame, je crois. M'man dit que la dame a fait passer un message de mon oncle, une fois.

– Est-ce qu'elle sait faire autre chose ? » demanda Père Mal, curieux.

– J'en sais rien, » dit Andrea en retroussant sa lèvre. « J'étais même pas là. M'man a seulement dit que la dame est folle de se promener sans protection comme ça. Elle est vachement puissante et tout.

– Quel est le nom de cette femme ? » demanda Père Mal, faisant fi de l'attitude de la fille.

– Écho quelque chose. Écho., Andrea plissa le visage et réfléchit. Cabba-quelque chose. Je ne me rappelle pas, au juste. Caballero ?

– Et comment fait-elle pour atténuer ses pouvoirs ? insista Père Mal.

– Cape de Sorcière, intervint Amos, l'air sûr de lui. On en fait une tisane, elle est vraiment pas bonne. Mais ça marche. Elle tue vos pouvoir et elle vous rend invisible aux yeux des autres Kith. »

Père Mal plissa les yeux, en se demandant comment ce larbin s'y connaissait en herboristerie. Il ne posa pas la question, par manque d'intérêt.

« Très bien. Continue, dit-il en agitant la main à l'adresse de la fille.

– Et ma m'man, alors ? demanda-t-elle en levant la voix.

– Tu vas la récupérer dans quelques heures, sans une égratignure. Elle va nous aider à trouver la sorcière, soupira Père Mal.

– Médium, » rectifia Amos. Père Mal lui lança un coup d'œil surpris qui se changea rapidement en un regard furieux et Amos battit en retraite, entraînant la fille à sa suite.

Père Mal fit les cent pas jusqu'à une immense fenêtre et observa les toits tandis qu'il assemblait les pièces de son plan.

« Fais en sorte que la mère cherche la sorcière dans le miroir de vision, ordonna Père Mal. Et trouve aussi son nom. Piste-la et suis-la jusqu'à ce qu'elle soit dans un endroit discret. Je la veux demain au coucher du soleil.

– Où dois-je l'emmener ? » demanda Landry.

Les affaires de Père Mal n'étaient jamais menées ici, à l'Hôtel Monteleone. Il considérait l'Hôtel comme sa maison loin de chez lui et n'aurait pas mis en danger le confort de sa suite personnelle, même pour quelque chose d'aussi important que de trouver la fille. À la seule idée d'être face à face avec la première des Trois Lumières, les lèvres de Père Mal se recourbèrent en un semblant de sourire.

Après un instant de réflexion, Père Mal répondit: « Le Prytania House. Veille à ce que l'une des sorcières lance un sort de protection sur la chambre pour estomper la présence de la fille et pour l'empêcher de s'échapper.

– Bien, Monsieur, » acquiesça Landry. Il entreprit de se retourner.

« Landry, dit Père Mal, interrompant son geste.

– Oui, monsieur ? »

Père Mal cloua Landry sur place d'un regard grave.

« C'est important. Fais-le toi-même. Il ne peut y avoir aucune erreur, » lui dit Père Mal.

Landry déglutit visiblement, puis hocha la tête avec raideur.

« Bien, monsieur. »

Père Mal fit volte-face, congédiant Landry. Son cœur s'emplit de quelque chose qui ressemblait étrangement à de la joie. Dans quelques heures seulement, il aurait la sorcière en sa possession. Elle était la première des clés qui permettraient de découvrir les secrets du Baron Samedi, de déchirer le Voile en morceaux.

Père Mal ne put s'empêcher de se frotter les mains avec un joyeux sentiment de hâte.

Bientôt.

CHAPITRE 2

ÉCHO

*M*ERCREDI, 10H DU MATIN

« Ce n'est pas que je ne comprenne pas, » dit Écho avec un soupir, en déviant son regard vers la droite pour ne pas regarder l'apparition brumeuse d'un adolescent créole qui flottait à côté d'elle avec un air anxieux.

« Mais Maîtresse, dit le fantôme en se tordant les mains, Ne croyez-vous pas que les gens devraient savoir ? Toute la ville est en danger ! »

Écho hésita, ne sachant pas trop quoi répondre. Le problème, quand on parlait au jeune Aldous, était que, comme la plupart des fantômes, il n'avait aucune conscience du contexte. Une fois qu'un esprit avait franchi le Voile et était passé dans l'autre monde, il ne ressentait plus le passage du temps. Il n'avait pas non plus conscience du fait que le monde avait continué d'avancer sans lui. Les esprits apparaissaient dans le royaume des humains car quelque chose les y ancrait, les empêchant d'avancer vers ce qui les attendait, quoi que ce fût.

Ainsi ancrés, les esprits existaient en tant que fragments de souvenirs, de touts petits fragments d'âme humaine suspendus dans le temps, agissant d'après les seules informations et la seule compréhension dont ils disposaient : les circonstances exactes du moment de leur mort.

De l'avis d'Écho, ça ne les rendait pas de très agréable compagnie. Surtout lorsque, comme Aldous, le fantôme s'avérait être un agent ponctuel du génie civil de la Nouvelle-Orléans dont l'attention tout entière était focalisée sur les inondations qui devaient fortement réduire, et avaient fortement réduit la population... en 1908

« Aldous, si je te promets d'aller à la mairie aujourd'hui et de parler au maire en personne, est-ce que tu me laisseras faire ce que j'ai à faire ? » demanda Écho.

Aldous lui adressa un grave hochement de tête spectral avant de vaciller puis de disparaître. Écho laissa échapper un soupir en entrant dans le Faubourg Marigny, à la recherche du bon point d'entrée sur le marché Gris. Parfois appelé Le Bon Marché ou le marché Vaudou, le marché Gris était un vaste réseau de commerces qui répondaient aux besoins des praticiens de diverses sortes de magie et de tous les autres Kith qui avaient besoin de... eh bien, tout, vraiment.

Le truc, pour entrer sur le marché Gris, c'était qu'à tout moment, il y avait entre une douzaine et une centaine d'entrées et de sorties, chacune correspondant à un endroit unique et souvent aléatoire du marché Gris. Le marché était un peu comme un moule à tarte rempli de perles, chacune liée à ses voisines par une série labyrinthique de filaments connectés. Les perles étaient constituées de librairies de grimoires, de dispensaires d'herboristes, de bordels exotiques et de toutes sortes d'autres commerces sombres, poussiéreux et inquiétants.

Les entrées et sorties du marché gris étaient habilement dissimulées à la vue de tous. Certaines étaient vraiment des portes que l'on franchissait et qui semblaient conduire dans une maison ou un bar. Un humain, en traversant, entrerait dans l'épicerie ou l'immeuble résidentiel, tandis qu'un membre des Kith déchiffrerait l'énigme et prononcerait tout haut le mot de passe unique du portail, ce qui lui permettrait d'accéder au marché.

Écho se promenait le long de Chartres Street, à la recherche de tout et de rien à la fois. Ce qui signifiait qu'elle ne cherchait rien en particulier, mais plutôt quelque chose qui aurait semblé un peu bizarre ou déplacé, un soupçon de magie flottant dans l'air...

Écho avisa une cabine téléphonique Bell South impeccable, blottie contre une maison de style « shotgun » qui tombait en ruine, et dont les pièces étaient alignées de telle sorte que depuis la porte d'entrée, on voyait tout droit jusqu'au jardin arrière. Vu qu'on était en 2015, Écho supposait qu'on ne trouvait pas de cabines téléphoniques neuves à tous les coins de rue ces temps-ci. Elle s'y rendit en accélérant le pas et ouvrit la porte coulissante, puis déglutit la boule dans sa gorge en entrant.

Elle se glissa sans effort dans le marché gris et sortit de la cabine téléphonique dans une ruelle crasseuse. Elle regarda autour d'elle et descendit le long de la ruelle pour se retrouver sur l'une des artères principales du marché, dans le Carré Rouge. Cette partie du marché était toujours éclairée par un clair de lune magique, puisqu'elle était essentiellement fréquentée par des vampires à la recherche de banques du sang, de donneurs vivants, ou de bordels... ou d'un mélange des trois. Le reste du marché semblait éclairé par une espèce d'aube dont la faible lumière émanait d'une source indéterminée, mais le Carré Rouge était encore plus sombre.

Et plus inquiétant aussi, de l'avis d'Écho.

Écho frissonna et se hâta de quitter le Carré Rouge, en retenant son souffle jusqu'à ce qu'elle entrât dans la zone principale du marché. Un méli-mélo d'images, de sons et d'odeurs assaillit les sens d'Écho lorsqu'elle s'arrêta pour observer le vaste marché. Il y avait peut-être trois-cents étalages dressés sur le marché principal, entassés en rangs irréguliers. Ces vendeurs-là vendaient les plus petits articles, qui allaient des pommes glacées au sucre ensorcelées avec un sortilège d'amour aux potions toutes prêtes à bas prix, en passant par les baguettes magiques bon marché et les boules réfléchissantes pour diseurs de bonne aventure. Le marché principal vendait des babioles ; les praticiens les plus avancés recherchaient leur matériel au-delà des échoppes, dans les groupes de boutiques privées, dont on pouvait compter environ une douzaine.

Écho passa droit devant tous les étalages et prit la direction de l'autre bout du marché, en observant tout ce qu'elle voyait tandis qu'elle se rendait à pied chez Robichaux, Herbes et Potions. Le marché était silencieux. Le début de matinée dans le monde des humains signifiait que de nombreux Kith étaient endormis, pour éviter la lumière du soleil ou simplement récupérer après avoir veillé tard. C'était après minuit que le marché était le plus fréquenté, aussi de nombreuses boutiques n'ouvraient-elles pas avant midi, voire plus tard.

Elle poussa la porte d'entrée et sourit en entendant le tintement familier de la cloche qui alertait Miss Natalie de la présence de visiteurs. Écho fut surprise de trouver la boutique vide ; elle n'était pas une seule fois entrée dans la boutique sans trouver l'herboriste d'âge mûr qui l'attendait avec un sourire et quelques potins de Kith tous frais.

Écho ferma la porte et regarda le comptoir désert pendant une minute, puis haussa les épaules. Le comptoir était situé au fond de la boutique, flanqué de part et d'autre de trois hautes rangées de bibliothèques de bois clair. Chaque rayon contenait des étagères recouvertes de plantes regroupées par famille et par usage ; les spécimens vivants poussant sous des cloches de verre arrondies, les produits secs et en poudres contenus dans les des flacons de toutes sortes et de toutes formes. Bien que cette collection fût quelque peu déroutante, les contenants étaient nettement étiquetés et rangés.

Écho trouva immédiatement ce qu'elle cherchait, dévissa le couvercle d'un bocal de verre et se servit des pincettes à l'intérieur pour saisir quelques feuilles, puis les laisser tomber dans un petit sachet de plastique qu'elle avait apporté dans son sac à main. Les feuilles qu'elle achetait ici tournaient en moins d'une semaine, aussi faisait-elle fréquemment ce trajet.

« Puis-je vous aider, mademoiselle ? »

Écho Caballero fit volte-face et faillit renverser plusieurs bocaux sur l'étagère d'en face, qui contenaient tous différentes sortes de crapauds et de lézards séchés. Elle pencha la tête et regarda l'homme qui se tenait à l'autre bout du rayon, lui barrant la sortie. Il ne semblait pas du tout à sa place ; pour commencer, il portait un costume sombre et trop large. Ce n'était pas vraiment la tenue habituelle des sorciers, des prêtresses et des vendeurs Kith qui fréquentaient le marché Gris. En outre, cet homme n'était pas Natalie Robichaux, la propriétaire de cette boutique.

« Euh, je cherche seulement de la Cape de Sorcière, » dit Écho en fronçant les sourcils. Elle leva le sachet pour lui montrer qu'elle l'avait trouvée.

« Très bien, très bien, » dit l'homme. Il s'avança d'un pas vers elle avec une expression pensive, les mains derrière le dos.

« Où est Miss Natalie ? » demanda Écho, la bouche soudain sèche. Il y avait quelque chose qui clochait.

« Elle est sortie, dit l'homme sans sourciller. Je suis Amos, son… neveu. »

Écho conserva une expression neutre, mais elle avait envie de rire. Miss Natalie était congolaise et sa peau était aussi sombre que le ciel de minuit. Cet homme avait l'accent du coin et un teint certes olivâtre mais indubitablement caucasien. Il y avait peu de chances pour qu'il fût lié à Miss Natalie par le sang.

Elle hésita néanmoins, ne voulant pas commettre un impair en tirant des conclusions hâtives.

« Je vois. Dans ce cas, est-ce que vous pouvez encaisser mon achat ? Il faut que j'y aille, dit Écho.

– Bien sûr, » dit-il en reculant de quelques pas et en faisant signe à Écho de le dépasser d'une main.

Le cœur d'Écho fit un bond dans sa poitrine lorsqu'une silhouette pâle apparut, vacillante, à côté de cet homme étrange, une très jeune ancienne esclave qu'Écho avaient déjà rencontrée dans la boutique par le passé. La fillette s'appelait Ada, si les souvenirs d'Écho étaient bons. Il y avait un moment qu'Ada ne lui était pas apparue. Ada secoua la tête d'un air mécontent, faisant danses ses tresses sombres dans ce mouvement. Elle posa ses poings sur ses hanches et adressa à Écho un regard sévère.

« Très, très méchant homme, dit Ada, en déplaçant son regard vers la gauche pour observer l'inconnu. Y prend de l'argent. C'est l'neveu d'personne, m'dame. »

Écho se mordit la lèvre. L'inconnu lui décocha un coup d'œil impatient, sans avoir conscience de la présence du fantôme juste à côté de lui. C'était un exemple parfait de toute la vie d'Écho, écouter des choses que la plupart des gens ne pouvaient pas entendre, et avoir l'air d'une folle. Cependant, d'ordinaire, les fantômes n'essayaient pas de sauver la vie d'Écho. D'ordinaire, ils essayaient de lui parler des membres de leur famille, morts depuis longtemps, alors qu'ils prenaient le tramway, ou lui demandaient de s'occuper de leurs animaux de compagnie morts eux aussi pendant qu'elle faisait son travail dans un magasin de vente au détail du Quartier Français, devant une file de clients impatients qui s'étirait jusqu'à devant la porte.

« En fin de compte... dit Écho. Vous croyez que vous pourriez me dire où se trouve le, euh... tue-loup ? De l'autre côté ? J'en ai besoin pour un sortilège, mais je ne sais où il se trouve. »

Écho pointa du doigt, en priant pour que ce type ne découvre pas son mensonge. Il marqua une pause, puis haussa les épaules. Il se tourna pour se déplacer vers l'autre côté de la boutique, et Écho prit ses jambes à son cou, en lâchant le sachet d'herbes dans sa course.

Elle avait franchi la porte avant que l'homme n'ait réalisé qu'elle avait pris la fuite, mais il fut sur ses talons en un rien de temps.

« Au secours ! » cria Écho, son cri résonnant dans la rue pour l'essentiel silencieuse.

Une vieille femme aux cheveux gris se tourna pour regarder et sa cape sombre tourbillonna tandis qu'elle se penchait en avant sur sa canne, se courbant presque en deux. La vieille sorcière sortit une baguette d'argent de son manteau, mais il était trop tard. L'inconnu en costume avait pris Écho par le coude et l'arracha à la rue pour l'entraîner dans une ruelle, puis tout droit vers une porte fermée.

Mais ce n'était pas une porte, évidemment. C'était simplement l'une des nombreuses sorties inattendues du Marché, et l'assaillant d'Écho la poussa violemment à travers le portail, sous le soleil éclatant de la Nouvelle-Orléans. Elle tourna vivement la tête dans tous les sens et s'aperçut qu'elle était sur le perron d'une maison étroite aux murs couleur melon. Son agresseur la suivit, et Écho descendit les marches en courant, tout en regardant désespérément autour d'elle à la recherche d'une aide quelconque.

De l'autre côté de la rue, trois hommes imposants couraient droit vers elle. Son cerveau intégra de petits fragments de la scène, et les assembla lentement ; un blond à l'air revêche, un brun qui grimaçait d'un air inquiet, le fait que les trois hommes étaient armés, et pas n'importe quelles armes, mais des pistolets *et* des épées. En fait, ils portaient également des tenues de combat, comme une espèce d'unité de soldats d'élite.

L'esprit d'Écho trébucha sur ce détail et elle remarqua que le dernier homme était en train de tendre la main vers son épée. Ce ne fut qu'alors qu'elle le regarda et ne se concentra que sur lui. Des cheveux châtains, une barbe d'un roux frappant, de larges épaules, et…

Seigneur, ces yeux-là devaient être les plus verts au monde. Aussi éclatants que la canopée d'une jungle, aussi étincelant que le feu d'une émeraude, ces yeux transperçaient les siens. Son cerveau fut court-circuité, pris de court par la sensation d'un *lien*, submergé par le désir d'être *plus proche*…

Lorsque le cerveau d'Écho cessa de fonctionner, ses pieds l'imitèrent. Son poursuivant, l'homme en costume sombre qu'elle avait aussitôt oublié, s'empara d'elle dans la seconde qui suivit. Il passa ses bras autour d'elle par-derrière, la serrant étroitement, et le monde entier disparut alors en un clin d'œil.

« Bon sang, qu'est-ce que… » marmonna Écho pour elle-même. Son agresseur la repoussa, et elle eut un instant pour observer ce qui l'entourait.

Elle était debout sur une plage de sable noir absurdement isolée et son regard portait sur environ quatre cents mètres de côte ininterrompue. On aurait dit une plage hawaïenne qu'elle avait vue un jour sur la chaîne National Geographic, sauf que l'air d'ici était frais. Humide et salé et manquant distinctement de chaleur. Écho leva les yeux et découvrit qu'il n'y avait pas de soleil dans le ciel, simplement une espèce de lueur vague qui venait dans l'eau. C'était typique des artifices de Kith, tout comme le sombre crépuscule du marché.

Il s'agissait donc d'une espèce de trou de ver, une cachette formée par une poche entre les mondes, à la fois quelque part et nulle part. Elle en avait entendu parler, mais n'y avait jamais auparavant été.

Le son d'un pistolet qu'on armait la fit grimacer. Écho déglutit et tourna la tête pour regarder son agresseur, qui avait le souffle court et paraissait très agacé.

« Qu'est-ce que je fais ici ? demanda-t-elle.

– La ferme. Donne-moi ton sac, dit-il en lui faisant signe d'approcher.

– Tu n'as plus de cette saloperie d'herbe, pas vrai ? »

Écho fronça les sourcils et lui tendit son sac à main, prise de nausée tandis qu'elle le regardait fouiller dedans. Il lui confisqua son couteau suisse et examina le vieux miroir qu'Écho emportait partout, sentant peut-être un soupçon de magie dessus. Il l'observa à nouveau et laissa tomber le miroir dans le sac à main, puis le jeta par terre à quelques mètres.

« Tu ferais aussi bien de te mettre à l'aise, dit-il. Ça risque de durer un moment.

– Qu'est-ce qui risque de durer un moment ? demanda Écho, dont l'agacement croissait au rythme du martèlement de son pouls.

– Tu verras bien. »

Ils se tinrent sur la plage pendant ce qui sembla être une éternité, Écho regardant autour d'elle l'étrange paysage simulé pour atténuer son ennui et sa tension. Alors même qu'elle se disait qu'elle risquait de passer l'éternité sur cette île, deux hommes en costume entrèrent dans son champ de vision avec un *crac* distinct. L'un d'eux était presque identique à son agresseur, avec le même costume noir et les mêmes traits grossiers. L'autre, en revanche…

L'autre homme était immense, il mesurait au moins deux mètres dix. Il arborait de majestueuses couleurs hispaniques, un teint caramel et des cheveux noirs, assortis à un large sourire d'un blanc glaçant. Il portait un smoking à la coupe impeccable, qui convenait à merveille à son immense stature. Il tourna son regard vers elle et elle demeura bouche bée en voyant que ses yeux étaient orange.

Pas d'une couleur noisette aux tons chauds. Carrément oranges, comme deux boules de feu flottant à la place de ses globes oculaires. Écho eut tout à coup envie de prendre la fuite et de vomir en même temps, mais son imbécile de cerveau refusa de faire l'un comme l'autre.

« Patron, » dit son agresseur en reportant son attention sur les nouveaux arrivants.

L'esprit d'Écho se vida complètement l'espace d'un instant, cédant le pas à la panique. Sa main jaillit pour arracher d'un coup sec le pistolet de la main de son assaillant, laissant le groupe stupéfait. Elle se jeta sur son sac à main et parvint à s'aplatir sur le sac tout en sortant le miroir.

« Retour, » murmura-t-elle en appuyant ses doigts sur la surface du miroir et en fermant les yeux.

Pendant plusieurs longs battements de cœur, elle n'eut pas le courage de regarder. Elle se servait rarement de sortilèges. Elle se servait rarement de la magie, à vrai dire. Il était très possible que la supplication qu'elle avait marmonnée n'eût rien fait du tout.

Elle bougea et s'aperçut qu'elle n'était plus allongée sur du sable mais se tenait debout, et l'air chaud qui s'accrochait à sa peau suggérait qu'elle était de retour à la Nouvelle-Orléans. Laissant ses yeux s'ouvrir lentement, elle se retrouva face à face avec ce même homme qu'elle avait remarqué plus tôt et ses yeux tombèrent dans cette mer émeraude sans fin...

Sans vraiment savoir ce qu'elle faisait, Écho se jeta dans les bras de l'inconnu et fondit aussitôt en larmes.

CHAPITRE 3

RHYS

MERCREDI, 10H DU MATIN

« Ah ! Je te tiens, à présent, enfoiré de Barberousse ! »

Rhys Macaulay poussa un grognement tout en ajustant sa prise sur la garde de sa longue épée. Ses lèvres se retroussèrent pour dévoiler ses dents tandis que ses doigts glissaient d'un demi-centimètre, mais son partenaire d'entraînement ne perdit pas une fraction de seconde. Gabriel se déplaça en cercle vers la gauche, faisant grincer ses baskets sur le sol revêtu de caoutchouc du gymnase du Manoir à chacun de ses mouvements. Rhys ajusta sa prise, mais sans grand effet. Gabriel et lui s'entraînaient depuis presque deux heures et les mains de Rhys étaient moites de sueur.

« Tu gardes les mains sèches grâce à la magie, salopard d'anglais, » accusa Rhys, dont la colère renforçait son accent écossais au point qu'il en était gêné.

« Je croyais que tu avais dit qu'il n'y avait pas de règles au combat, » rétorqua Gabriel, dont l'accent londonien huppé tapait sur les nerfs de Rhys. « *Jett'leur d'la terre dans les yeux*, tu disais. *Si ça s'présente, frappe un homme à terre.* » Rhys souffla en entendant l'imitation de Gabriel.

« J'causais point comme ça, » insista Rhys.

Gabriel choisit ce moment pour frapper, usant d'une botte astucieuse pour arracher l'épée des mains de Rhys avant de donner un coup d'estoc vers ses côtes sans protection. Gabriel arrêta l'arc-de-cercle que décrivait son épée à quelques centimètres de la peau de Rhys, un coup impressionnant en soi. Rhys s'était donné beaucoup de mal pour entraîner Gabriel très dur pendant les premiers mois de leur formation dans ce but précis ; il fallait être fou pour entraîner quelqu'un qui ne se contrôlait pas suffisamment pour ne pas blesser son professeur.

« Je dirais que c'est une touche, pas toi ? » Gabriel adressa à Rhys un sourire insolent. Tout en reculant et en abaissant son épée, Gabriel passa sa main dans ses boucles sombres et humides de sueur. Gabriel avait fait du chemin depuis le jour où ils étaient tous arrivés au Manoir, sa silhouette s'était étoffée après deux mois d'entraînements quotidiens intensifs. Il était presque aussi large d'épaules et musclé que Rhys désormais, mais un peu plus mince, ce qui donnait à Gabriel une certaine grâce supplémentaire.

« Ta gueule, beau gosse. »

Rhys leva les yeux au ciel, feignant de mettre un terme à la partie. À la seconde où l'attention de Gabriel le quitta, Rhys fut sur lui, la lame de son épée à un cheveu du cou de Gabriel. Il força Gabriel à se mettre à genoux et à lâcher son épée, le regard brûlant de rancune.

« Arrête ton cirque, » siffla Gabriel.

Rhys recula avec un grand sourire et, après un moment, Gabriel eut un petit rire exaspéré.

« Tu ne supportes vraiment pas de perdre, pas vrai ? » demanda Gabriel en acceptant la main que Rhys lui tendait pour se relever.

« C'est pas ça, Gabriel. Je veux que tu comprennes qu'en dehors de ce petit cocon, » dit Rhys en faisant tournoyer son doigt pour désigner le domaine du Manoir, les gens ne se battent pas à la loyale. Ils se battent salement, parce que c'est comme ça qu'ils gagnent. S'ils arrivent à t'empêcher de bouger par quelque moyen que ce soit, ils ont gagné. Au diable l'honneur. »

Les lèvres de Gabriel tressaillirent à nouveau et il haussa les épaules.

« Bientôt, dit-il en pointant son doigt sur Rhys. Voilà maintenant un an qu'on s'entraîne ensemble. J'ai battu Aeric la semaine dernière, et ce sera toi le prochain.

– Dans tes rêves, gamin, » dit Rhys en se dirigeant vers le mur et en déposant son épée d'entraînement sur le râtelier mural.

Gabriel fit de même, en regardant Rhys d'un air sceptique.

« J'ai quatre ans de moins que toi, souligna Gabriel.

– Ouais et nos vies avant de devenir Gardiens n'auraient pas pu être plus différentes, répondit Rhys en haussant les épaules. J'ai été élevé en tant que fils aîné du chef d'un clan des Highlands. J'ai eu beaucoup de responsabilités dès mon plus jeune âge. J'étais dans la lice tous les jours à l'âge de sept ans, à l'âge de douze ans j'entraînais les autres et à vingt-deux ans, je me battais pour le Roi. J'ai toujours su que j'allais... »

Rhys s'interrompit au beau milieu de sa phrase. *Régner sur mon peuple*, tels étaient les mots qu'il avait sur le bout de la langue, mais il ne parvint pas à les faire sortir. Sa mâchoire se contracta tandis qu'il réfléchissait, peut-être pour la millième fois de l'année, au fait qu'il ne régnerait jamais sur quoi que ce soit. Il y avait renoncé à la seconde où il avait conclu son pacte avec Mère Marie.

« Rhys... on n'est plus en 1764, » dit Gabriel en lançant un regard empreint de pitié qui retourna l'estomac de Rhys. « On est en 2015 et il faut que tu t'habitues au fait que tu es un Gardien désormais, un simple ouvrier dans la petite ruche de Mère Marie, qui protège la Nouvelle-Orléans. Ce n'est pas comme si tu étais le seul à qui elle avait fait faire un bond de quelques siècles dans le temps pour jouer les petits soldats. »

La mâchoire de Rhys se contracta en entendant le ton désinvolte de Gabriel.

Il était certes vrai que Rhys avait abandonné son clan, échangé son droit à régner contre l'assurance de Mère Marie que son peuple survivrait et prospèrerait malgré les menaces qui planaient au-dessus d'eux. Cela ne signifiait pas pour autant que Rhys devait oublier toute son ancienne vie, ou faire semblant de ne pas regretter ses choix. Rhys et Gabriel avaient eu cette même dispute un certain nombre de fois au cours de l'année écoulée, chacun découvrant les failles et les points faibles de l'autre tandis qu'ils œuvraient à former une unité de combat soudée.

Le troisième Gardien de leur équipe… certes un excellent combattant, mais considérablement moins amical. Rhys considérait toujours Aeric, le guerrier viking qui, d'une manière ou d'une autre, avait atterri dans leur groupe, comme une sorte de mystère.

« Je meurs de faim, » annonça Gabriel, interrompant les pensées de Rhys. Rhys se dit que Gabriel changeait probablement de sujet afin d'endiguer le flot des pensées morbides de Rhys. Rhys savait que Gabriel faisait cela à cause de leur récente amitié. Les deux hommes avaient trouvé une sorte d'accord tacite au cours de l'année écoulée, du moins plus qu'avec Aeric. Aeric était toujours distant et restait dans son coin la plupart du temps.

« D'accord, d'accord, » dit Rhys en s'essuyant le front. « J'ai vu Duverjay préparer quelques sandwichs pendant qu'on venait ici. »

Gabriel et Rhys quittèrent le gymnase et traversèrent le large espace vert qui constituait le jardin improprement utilisé du Manoir. Ils entrèrent dans la maison principale et passèrent devant le salon pour se rendre directement à la cuisine, où le majordome du Manoir, Duverjay, déposait plusieurs boissons énergétiques sur un bol de glace. Le petit créole s'était présenté le jour-même où Rhys était arrivé au Manoir, prêt à répondre à leurs besoins, mais Rhys était quasiment certain que Duverjay rapportait également chacun de leurs faits et gestes à Mère Marie.

« Ah, Duverjay, vous savez toujours comment me faire plaisir, » plaisanta Gabriel. Duverjay haussa un sourcil, mais, en dehors de ce signe, ne répondit pas.

C'était un majordome de la vieille école et il avait aussi peu de chances de saisir la perche que Gabriel lui tendait que d'entamer une journée de travail en tongs.

Les Gardiens tourmentaient Duverjay sans pitié au sujet du costume noir impeccable et de la chemise blanche qu'il portait tous les jours. Le majordome ne s'écartait jamais de l'uniforme qu'il s'imposait, mais ça ne l'empêchait pas de lancer des regards désapprobateurs aux Gardiens chaque fois qu'ils traînaient dans la maison en short de sport et baskets après une longue journée d'entraînement.

Formée par Mère Marie dans le but précis de protéger la ville de la Nouvelle-Orléans d'une vague montante de puissances maléfiques, et tout particulièrement d'une figure obscure et fuyante connue sous le nom de Père Mal, l'équipe des Gardiens passait le plus clair de son temps à patrouiller dans les rues de la ville.

Ils surveillaient généralement les allées et venues des Kith, la communauté paranormale, mais pouvaient être appelés pour aider les humains si le besoin était suffisamment pressant. Lorsqu'ils n'étaient pas en patrouille, les Gardiens s'entraînaient ou travaillaient leur maniement des armes, le plus souvent sous la forme de tir sur cible à l'arme de poing ou à l'arbalète.

Le majordome mettait un point d'honneur à faire en sorte qu'il y ait toujours un costume et une cravate propres et fraîchement repassés dans la chambre de chacun des Gardiens. Comme si Rhys risquait de troquer à quelque moment que ce fût son jean et ses baskets pour une tenue de dîner. De toutes les commodités modernes, c'étaient les jeans ajustés et les voitures rapides que Rhys aimait le plus.

Bien qu'il eût renoncé à beaucoup de choses de son ancienne vie, Rhys avait appris à apprécier certains aspects de la nouvelle. 2015 se flattait d'une fortune d'excellents vins et whiskys, par exemple. La variété des styles vestimentaires était incroyablement vaste, bien que Duverjay fît en réalité la plupart des achats pour les Gardiens ; il avait l'œil pour savoir comment tombait un vêtement.

Il y avait également à dire sur la nourriture, un éventail ahurissant d'options de tous les types de gibier et de volailles que Rhys eût jamais connus, multipliés par mille. Rhys n'aimait rien davantage qu'une part de saumon rôti, avec des pommes de terre rattes, et une salade de légumes verts frais, arrosée d'ordinaire d'un verre de porto ou de scotch, bien qu'il limitât au minimum sa consommation d'alcool.

L'estomac de Rhys gronda et il s'aperçut qu'il salivait autant sur le saumon car l'entraînement avec Gabriel lui avait énormément ouvert l'appétit. La peste sur lui, mais l'autre Gardien était désormais presque aussi doué que Rhys à l'épée et Rhys avait beaucoup plus d'efforts à fournir pour tenir les deux autres sur leurs gardes.

« Le dîner ? » demanda Rhys au majordome.

« Messieurs, » dit Duverjay en s'inclinant légèrement. « Une jeune dame très bouleversée vous attend dans le vestibule. Vous désirerez sûrement la voir avant de manger. »

Rhys lança un coup d'œil curieux à Duverjay, puis passa dans le vestibule. Une jeune femme à la peau claire attendait là en se tordant les mains. Elle portait une robe bleu roi qui moulait chacune de ses courbes. Assortie à des chaussures blanches aux talons vertigineux, sa tenue à la dernière mode contrastait avec le désarroi de son expression.

Duverjay se glissa entre la fille et Rhys et posa une main rassurante sur son bras. Rhys nota que Gabriel restait en retrait, se contentant visiblement d'observer l'échange.

« Voici Andrea, dit Duverjay en adressant à la fille un sourire grimaçant et plein de compassion. Sa mère a quelques ennuis. N'est-ce pas, Andrea ? »

La jeune femme hocha la tête, sa lèvre inférieure tremblante. Rhys fut stupéfait de voir Duverjay essayer de façon active de la réconforter ; Duverjay faisait rarement montre d'émotions visibles et Rhys n'avait jamais vu le majordome exprimer quelque compassion que ce fût.

« Cet homme-là, Père Mal, il a enlevé ma mère, sanglota

Andrea. Elle a rien fait d'mal. Ce type-là, il peut pas l'enlever dans la rue comme ça, juste parce qu'elle travaille sur le marché. Si ? »

Mère Marie, l'insaisissable patronne des Gardiens, descendait d'un pas nonchalant l'un des deux grands escaliers dont était flanqué le hall d'entrée, bien que Rhys n'eût pas remarqué qu'elle les écoutait. C'était une petite femme d'environ soixante ans, bien que Rhys sût avec certitude qu'elle était au moins quatre à cinq fois plus âgée qu'elle ne le paraissait. Elle avait le teint café-au-lait caractéristique des femmes créoles, mais ses cheveux poivre-et-sel raides et son accent de la Nouvelle-Orléans teinté de français laissaient deviner des origines dont le mélange était bien plus étendu : haïtiennes, créoles, et blanches, et peut-être même quelques origines espagnoles.

Comme toujours, Mère Marie était vêtue d'un ensemble de jupes de coton flottantes. Ce jour-là, elle était en jaune pâle et avait retroussé ses manches jusqu'aux coudes. Rhys saisit un parfum d'anis et d'herbes amères, dont l'odeur devenait plus forte à mesure qu'elle approchait. Ses doigts et ses avant-bras étaient tachés de vert et de jaune, ce qui indiquait qu'elle avait été occupée dans son cabinet d'apothicaire à fabriquer de petits sachets *grigris*.

On ne s'ennuyait jamais quand on travaillait pour une prêtresse Vaudou, ça, c'était certain.

Rhys s'écarta de l'odeur étouffante de réglisse qui émanait de Mère Marie et attendit de voir ce qu'elle avait à dire sur le fait que le majordome fasse venir des étrangers au Manoir.

« Ah, Duverjay, je vois que vous recevez des visites de votre famille à présent, » dit Mère Marie en haussant un sourcil.

Rhys regarda Duverjay et Andrea et il lui apparut tout à coup de manière évidente qu'ils étaient de la même famille. Ils avaient le même nez et les mêmes yeux brun chocolat. Duverjay lança un regard mauvais à Rhys et Gabriel, comme pour les mettre au défi de faire une remarque sur lui ou Andrea.

« Ma nièce, madame, » dit Duverjay à Mère Marie. « J'espère que ça ne vous dérange pas. »

Rhys lança un coup d'œil à Mère Marie, en se demandant

pour la millième fois ce qu'elle avait fait pour obtenir le respect et la loyauté de cet homme. Duverjay ne faisait pas preuve de déférence envers beaucoup de monde, mais avec Mère Marie il était l'image même de la politesse.

« Écoutons-la, dans ce cas, » dit Mère Marie en lançant à la jeune femme un coup d'œil sceptique.

« Eh bien, j'étais à mon travail, aux Talons Aiguilles, et je parlais à un de mes réguliers. Ce type-là, Amos, il donne de bons pourboires. » Andrea s'interrompit et prit une inspiration. « J'lui ai raconté l'histoire de ma m'man, de son travail au marché vaudou, de tous ces gens qu'elle rencontre. Les sorcières et les médiums, les gens qui viennent la voir pour acheter des herbes et tout ça.

– Ta mère a des produits d'excellente qualité, » dit Marie en hochant la tête.

– Bah, j'savais pas qu'Amos bossait pour un… j'sais pas qui c'est, ces mecs, mais ils ont enlevé ma m'man en pleine rue. Elle a même pas pu fermer sa boutique ni rien, elle a laissé la porte grand ouverte. Heureusement, tout le monde a peur de ma m'man. » Andrea fronça les sourcils.

« Et est-ce que Amos t'a dit où se trouve ta mère ? demanda Duverjay.

– Nan. Je crois que ce type, Perma ou j'sais pas quoi, il a un coin de l'autre côté du pont où il retient les gens prisonniers. Amos en parlait comme si... Andrea s'interrompit et frissonna. Comme si c'était rien. Ça craint grave.

– Tu veux dire Père Mal, je crois. Pourquoi est-ce qu'ils retiennent ta mère ? Est-ce qu'elle a quelque chose qu'ils désirent ? demanda Mère Marie en penchant la tête de côté.

– Amos me donnait de très bons pourboires il y a deux semaines de ça, en me demandant d'ouvrir l'œil si je voyais un certain type de personne. Il appelait ça un médium. Une personne très puissante, sans protection pour éloigner les gens, ni personne pour s'occuper d'elle. M'man lit les auras et tout l'bordel, vous savez, dit Andrea en décrivant un cercle de sa main autour de sa tête pour imiter une aura. Elle a dit que cette dame vient et achète une espèce d'herbe, un truc pour pas qu'elle voie de fantômes et tout ça. M'man dit que l'aura de cette dame est un peu bleue, ça veut dire qu'elle a personne qui l'attend à la maison. Enfin, bon, Amos posait des questions, alors je lui ai parlé d'la dame. J'me suis dit qu'il voulait contacter un esprit ou un truc comme ça.

– Et ils ont enlevé ta mère pour retrouver cette dame ? demanda Rhys pour combler les trous du récit.

– Ouais. Elle s'appelle Écho Caballero. Amos l'a appelée autrement, aussi... Une lumière ou une connerie du genre, soupira Andrea.

– Surveille ton langage, l'avertit Duverjay, les sourcils froncés.

– Désolée, Oncle George. » Andrea lui adressa une grimace d'excuse et Duverjay la serra doucement contre lui.

« Allons te chercher quelque chose à boire, d'accord ? dit Duverjay en lançant à Rhys un regard lourd de sens tandis qu'il conduisait sa nièce en direction de la cuisine. Laissons-les trouver un moyen de récupérer ta mère. »

À la seconde où ils furent hors d'écoute, Gabriel poussa un soupir d'épuisement.

« Je ne savais pas qu'on faisait les commissions personnelles de Duverjay maintenant, se plaignit-il.

– Ce n'est pas pour ça que Duverjay l'a amenée ici, rétorqua sèchement Mère Marie en décochant à Gabriel un coup d'œil agacé. Il l'a amenée ici parce que Père Mal est impliqué. Et heureusement qu'il l'a fait, si cette femme est ce que je pense qu'elle est, les Trois Lumières doivent être protégées, gardées de Père Mal à tout prix.

– C'est quoi, les Trois Lumières ? » demanda Rhys.

Travailler pour Mère Marie lui avait ouvert un tout nouveau monde et chaque fichu truc magique semblait avoir un nom spécial et toute une histoire derrière, sans même parler de toute l'histoire et de la mythologie étrange de la Nouvelle-Orléans, dans lesquelles Mère Marie et Duverjay étaient encroûtés. On n'avait pas intérêt de prononcer Burgundy Street comme le nom anglais du vin, alors que les gens du cru prononçaient ça *Ber-GOUN-di*.

« Où est Aeric ? demanda Mère Marie en s'éventant. J'ai besoin des trois Gardiens pour cette tâche. »

Gabriel se retourna, porta ses mains en coupe à sa bouche et beugla le nom d'Aeric en direction du deuxième étage où se trouvait la chambre du viking. Les quatre étages supérieurs étaient tous disposés de la même manière avec une rangée de portes de bois sombre donnant sur un long et large palier qui donnait à son tour sur les cages d'escalier installées de part et d'autre de la maison. Ce qui signifiait qu'en levant les yeux depuis le vestibule, le volume de son cri était particulièrement impressionnant et Rhys eut un demi-sourire en voyant l'air mécontent qu'arbora Mère Marie.

Quelques secondes plus tard, une porte au deuxième étage s'ouvrit et un homme immense aux cheveux blond foncé fit son apparition, l'air furieux.

« Qu'est-ce qu'il y a ? » demanda Aeric en se dirigeant vers la rambarde du palier et en se penchant par-dessus pour les regarder. L'anglais d'Aeric s'améliorait rapidement, si on prenait en compte le fait que lorsqu'il était arrivé au Manoir il ne le parlait pas du tout, mais ça ne l'empêchait pas de rester taciturne.

« La *Maîtresse* a besoin de nous tous, » dit Gabriel, en usant du titre sur lequel Mère Marie insistait.

Aeric leur décocha un regard glacial et mauvais, puis descendit le couloir et l'escalier en traînant les pieds.

« Je suis occupé, là, » les informa l'ancien viking. Il avait un accent norvégien médiéval à couper au couteau lorsqu'il finissait par se décider à parler et Rhys avait parfois du mal à discerner certains des mots qu'Aeric marmonnait.

« Plus maintenant, » lui dit sèchement Mère Marie, puis elle fit volte-face et les conduisit dans l'immense séjour. Duverjay et Andrea étaient blottis dans la cuisine américaine, assis au bar, et parlaient à voix basse.

Mère Marie se dirigea d'un pas vif vers ce que les Gardiens appelaient La Table, qui était une immense table de chêne flanquée de plusieurs bancs massifs. C'était leur lieu de réunion habituel pour s'entretenir d'affaires telles que tuer des démons et combattre en général les forces maléfiques qui menaçaient la Nouvelle-Orléans.

Elle s'assit tout au bout de la table, laissant Rhys, Aeric et Gabriel prendre place autour d'elle.

« Père Mal a enlevé une parente de Duverjay, » dit Mère Marie à Aeric, en agitant la main en direction du majordome.

Aeric fit la moue, remettant peut-être en question la sagesse de Père Mal d'avoir enlevé quelqu'un lié d'aussi près aux Gardiens, mais il ne dit rien. Que Père Mal eût ou non déjà connaissance des Gardiens était un sujet de débat fréquent au Manoir mais là n'était pas le moment de lancer une nouvelle discussion animée à propos d'un sujet secondaire.

« Andrea dit que Père Mal a dit que la femme était une Lumière. Comme les Trois Lumières, dit Mère Marie en se lançant dans un bref cours magistral. Père Mal n'a qu'une idée en tête : détruire le Voile, la barrière protectrice entre le monde des esprits et le nôtre. Il veut pouvoir contrôler les esprits de ses ancêtres et s'approprier leur puissance. Malheureusement, il ne se soucie pas de savoir ce qui va traverser le Voile en dehors d'eux.

– Je suppose qu'il ne s'agira de rien qui nous plaise, dit Gabriel.

– Disons seulement que nous avons tous des fantômes dans notre passé et que des esprits vengeurs seraient une bénédiction, comparés à certaines des forces plus obscures qui émergeraient, dit Mère Marie.

– Alors, c'est quoi, les Lumières ? insista Rhys, curieux.

– Père Mal croit que le Baron Samedi, un prêtre Vaudou de l'ancien temps, a trouvé un moyen d'ouvrir le Voile. *Sept nuits, sept lunes, sept secrets, sept tombes.* Certains pensent qu'il s'agit de la clé pour trouver et déverrouiller les Portes de Guinées qui conduisent droit au royaume des esprits. De là, certains… sorti-lèges… pourraient être utilisés pour déchirer le Voile pour toujours. »

Aeric prit enfin la parole, lançant à Mère Marie un coup d'œil franc. « Je suis curieux de savoir comment vous savez toutes ces choses au sujet de Père Mal. »

Mère Marie se raidit pendant une infime seconde, puis se détendit à nouveau. Ce fut si rapide que Rhys aurait tout aussi bien pu l'avoir imaginé.

« J'ai beaucoup d'informateurs, » fut sa seule réponse

Elle disait vrai, bien sûr ; elle avait un vaste réseau d'informateurs dans toute la ville, qui murmuraient tous à l'oreille les uns des autres, se livrant des secrets les uns aux autres jusqu'à ce qu'ils arrivent aux oreilles de Mère Marie. Mère Marie avait un côté charmeur, l'art et la manière de détendre les gens et de les faire mettre à l'aise jusqu'à ce qu'ils aient *envie* de tout lui dire.

« Je vois, dit Rhys en secouant brièvement la tête. Donc les Lumières font partie du rituel ou quelque chose comme ça ?

– Je n'en sais trop rien, dit Mère Marie, ce qui surprit Rhys. Elles ont toutes des fonctions différentes. Andrea a dit que cette fille, Écho, était médium. Il semblerait que Père Mal ait besoin d'elle pour invoquer un esprit et communiquer avec lui.

– Il est impossible de savoir à qui il veut parler, intervint Gabriel. Ce pourrait être le Baron Samedi lui-même, ou un membre de sa famille. Ce pourrait être...

– N'importe qui, acheva Rhys avec un hochement de tête. Je ne sais pas trop comment on peut faire pour combattre quelque chose qu'on ne connait pas.

– La fille. Il faut trouver la fille, dit Mère Marie. Il faut qu'on s'en serve pour découvrir le secret avant Père Mal. » Le silence régna le temps de plusieurs longs battements de cœur.

« Est-ce que vous suggérez qu'on se serve d'elle exactement de la même manière que l'homme dont on va la sauver ? demanda Gabriel, dont les sourcils s'abaissèrent d'un air mécontent.

– Oui. Et je crois que... Mère Marie fit semblant de regarder la pièce autour d'elle pendant un instant. Ah, oui. C'est toujours moi qui commande ici. Alors si je vous demande d'aller trouver la fille, et de le faire vite… Je crois que vous feriez mieux de le faire. »

Elle se leva lentement, en leur lançant à tous un coup d'œil menaçant.

« Servez-vous du miroir de vision. Trouvez la fille. Je la veux au Manoir à l'aube, » ordonna-t-elle. Elle mit sa tête en arrière, produisant plusieurs *craquements* secs, et quitta la pièce sans même un regard en arrière.

« Bon... d'accord, dit Gabriel avec une expression de ressentiment manifeste. Je suppose que je vais aller chercher le miroir. »

CHAPITRE 4

RHYS

Mercredi, 1h du matin

« Il nous faut plus qu'un endroit vague, » déclara Rhys tandis que les trois hommes avaient les yeux rivés sur le miroir de vision, qui reflétait un pâté de maisons agréable aux couleurs vives du Faubourg Marigny, un quartier huppé proche du Quartier Français peuplé de maisons dans le plus pur style cottage créole traditionnel. « Le fait qu'elle soit quelque part sur Spain Street ne nous aide pas beaucoup.

– Mmmm... dit Gabriel, pensif. Eh bien, je peux bien tenter une chose. Je ne l'ai jamais fait avant, mais j'ai trouvé un sortilège secret qui pourrait nous montrer à quoi ressemble notre demoiselle.

– Est-ce que ça va faire des morts ? Brûler des sourcils ? » demanda Aeric, en lançant à Gabriel un coup d'œil lourd de sens. Alors qu'ils résidaient au Manoir depuis un mois, Aeric avait laissé Gabriel se servir de lui comme cobaye pour un sortilège d'invocation. La pomme dans la main d'Aeric n'avait pas bougé d'un pouce et s'était encore moins envolée vers la main de Gabriel prête à la recevoir, mais Gabriel était parvenu d'une manière ou d'une autre à brûler les sourcils et les cils d'Aeric jusqu'au dernier poil, ce que Rhys avait trouvé très amusant.

« Non, » dit Gabriel, sur la défensive. « Je te l'ai dit, l'un des mots de ce sortilège était à moitié effacé. Ce n'était pas ma faute.

– Toute magie est du ressort du magicien, » objecta Aeric. Le viking avait un sens prononcé de la responsabilité magique et Rhys se posa à nouveau des questions sur l'ancienne vie d'Aeric. Il était discret sur sa capacité à se transformer et sa connaissance de la magie, il se méfiait des femmes et il était facilement dépassé par les nouvelles technologies. Malheureusement pour l'esprit curieux de Rhys, Aeric était un enfoiré mutique et secret qui ne parlait jamais de son passé plus de quelques instants.

« D'accord, d'accord, dit Rhys en consultant la montre d'or à son poignet. On n'a pas le temps pour ça. Gabriel, lance le sortilège.

– Il me faut la fille. Andrea, je veux dire, » dit Gabriel.

Andrea fut amenée, Duverjay rôdant en arrière-plan et lançant aux Gardiens des coups d'œil méfiants. Gabriel s'était récemment mis à imiter un comportement de Mère Marie ; lorsqu'il exécutait des sortilèges, il assemblait désormais les ingrédients physiques à l'avance et les glissait dans un sachet de lin blanc rarement plus grand que la paume de la main. Selon le sort, le sachet pouvait être porté sous les vêtements et contre la peau, brûlé après avoir été posé dans un cercle de sel, jeté dans un cours d'eau, ou faire l'objet de toutes sortes de gestes symboliques.

Ce sort-là exigeait qu'Andrea pose le sachet de la taille d'une pièce de monnaie sur sa langue tout en visualisant la cible du sort. Rhys eut une grimace compatissante lorsque Andrea renifla le sachet et pâlit en sentant son odeur, mais elle suivit consciencieusement les directives puis ferma les yeux.

Après une brève incantation, Gabriel leva les mains devant le visage d'Andrea. Il fit mine de tirer quelque chose, saisissant l'air près de ses yeux et ramenant ses mains en arrière. Une légère brume grise apparut dans l'air, leur donnant une image mouvante et vacillante de la jeune femme avec laquelle la mère d'Andrea avait sympathisé.

L'image était de piètre qualité et ne donnait que peu de détails. La femme avait la peau pâle, les cheveux clairs et des yeux sombres dans un visage en forme de cœur. Ce seul aperçu de son corps révélait une silhouette en forme de sablier, aux courbes tendres, vêtue d'une robe de style rétro élégante mais pudique. Pour une raison inconnue, bien que l'image fût floue et peu détaillée, Rhys sentit l'attirance dans son bas-ventre.

Il fit une grimace, refoulant son étrange réaction. Il n'avait pas eu de femme depuis son arrivée à la Nouvelle-Orléans. Les femmes modernes étaient une véritable énigme pour lui, elles jouaient selon des règles qu'il ne comprenait pas, utilisaient une technologie dont il n'avait ni envie ni besoin et attendaient... eh bien, certainement pas d'être courtisées, d'après ce que Rhys avait compris.

Il se sentait seul au Manoir et, contrairement à Gabriel, il ne faisait aucun effort pour s'habituer aux bars enfumés et aux boîtes de nuit bruyantes de la ville. En fait, pour lui, danser était le pire. L'interaction sociale la plus forcée, au son d'une « musique » que Rhys méprisait, le tout se frottant contre une femme inconnue...

Il frissonna et s'arracha à ses pensées.

« Je vois. Tu as terminé, dit Gabriel à Andrea, qui parut reconnaissante tandis qu'elle crachait le sachet dans la paume de sa main. Reste avec Duverjay jusqu'à ce qu'on ait libéré ta mère, d'accord ?

– Merci, » dit Andrea, laissant le majordome la ramener dans le hall d'entrée. Duverjay et Mère Marie avaient tous deux leurs chambres au quatrième étage et Rhys supposait que Duverjay allait installer Andrea dans la sienne pour la nuit.

« Et maintenant on va pouvoir s'amuser, » dit Aeric avec l'un de ses rares sourires.

Rhys et Gabriel le suivirent en traînant les pieds tandis qu'Aeric sortait par la porte de derrière, traversait la cour et entrait dans le gymnase. Le gymnase était divisé en trois segments. La plus grande partie contenait la zone d'entraînement que Rhys et Gabriel avaient utilisée plus tôt ; le sol pouvait être transformé, du caoutchouc dur aux tapis rembourrés plus mous, ou en un ring conçu pour pratiquer la boxe si nécessaire. La seconde partie du gymnase par ordre de taille contenait les équipements de musculation et d'entraînement : tapis roulants, râteliers successifs d'haltères, toutes sortes d'engins spécialisés destinés à maintenir leurs corps dans une forme idéale pour le maniement de l'épée.

La dernière partie, plus petite que le reste du gymnase, était également la seule zone à être protégée par identification de l'empreinte du pouce et scanner rétinien. Aeric traversa la surface du gymnase à grands pas en direction de la grande cage à barreaux et s'avança vers la porte pour un scanner rapide, débloquant les verrous de la porte d'acier épaisse de trente centimètres. Il l'ouvrit à la volée et fit un pas à l'intérieur, puis s'arrêta pour permettre à Rhys et Gabriel de le suivre.

Rhys lança un coup d'œil autour de lui aux barreaux de métal qui constituaient les parois de la cage, chacune recouverte du sol au plafond de rangées d'armement, les pistolets et les armes les plus récentes à droite et les épées et autres armes rudimentaires à gauche. Gabriel alla d'abord à droite et Aeric et Rhys à gauche ; rien d'étonnant, Gabriel s'étant facilement adapté aux technologies de 2015, tandis qu'Aeric et Rhys avaient eu un peu plus de mal, Aeric plus que Rhys, à vrai dire. Il avait appris le strict minimum à propos des armes à feu et des ordinateurs et n'était pas allé plus loin.

Peut-être était-ce dû au fait que, bien que les trois hommes parussent avoir le même âge, Aeric et Rhys étaient bien plus âgés que Gabriel, qui n'avait vécu que trente ans avant de rejoindre les Gardiens. Son vieillissement humain normal n'avait cessé que quelques mois après son arrivée au manoir, la stase survenant habituellement autour de trente ans chez les ours métamorphes.

Rhys et Aeric se dirigèrent donc d'abord vers les épées. Rhys choisit une claymore bien équilibrée et Aeric une lourde épée à large lame. Ce choix reflétait bien leurs styles de combat, Rhys choisissant la maniabilité et Aeric la force brute. Ils croisèrent Gabriel, qui avait raflé au passage deux armes de poing noires et une ceinture à deux étuis.

Tandis que Gabriel allait se chercher une épée légère, Rhys et Aeric choisirent leurs pistolets. C'était une règle que Mère Marie avait instaurée pour les Gardiens – s'ils devaient se battre dans le monde moderne, il leur fallait des armes modernes. Si quelqu'un tirait des coups de feu, les Gardiens devaient lui rendre la pareille. Jusque-là, les pistolets n'étaient sortis que très rarement. Pour Rhys et Aeric, le combat à l'épée était une seconde nature et la routine habituelle des Gardiens, qui consistait à renvoyer des démons et à menacer des vampires assoiffés de sang, étaient des activités qui pouvaient se pratiquer à l'épée.

« N'oublie pas ton uniforme, » dit Rhys à Aeric tandis qu'ils sortaient de la cage. Duverjay veillait à ce que trois piles d'équipement les attendent sur une table à l'entrée de la cage, chacune soigneusement étiquetée au nom d'un Gardien.

Rhys saisit ses rangers blanches, son pantalon cargo noir, son T-shirt gris foncé, une ceinture spécialement conçue pour les armes et un gilet de combat pare-balles noir. Chaque article était marqué du logo des Gardiens Alpha, un ours qui montrait ses crocs au-dessus de deux épées croisées, flanqué de part et d'autre des lettres G et A. Il se dirigea vers le petit vestiaire à côté de la cage aux armes et s'habilla.

Après avoir glissé le harnais pour ses armes dans ses passants de ceinture, il attacha des sangles autour de chacune de ses jambes, à mi-cuisse. La ceinture était équipée d'un fourreau et d'une gaine sur la gauche pour son épée et de deux étuis pour pistolets à droite, un sur la hanche et l'autre quinze centimètres plus bas. Derrière l'étui se trouvaient deux attaches pour les deux .38 spéciaux qu'il portait et il gardait d'autres munitions dans son gilet.

Devant le vestiaire, les Gardiens prirent une minute pour vérifier leur équipement et celui des autres, s'assurant que tout était en place et que personne n'avait rien oublié de vital. C'était une autre des règles de Mère Marie qui souhaitait encourager le travail d'équipe.

De tous les milliers de nouveaux mots que Rhys avait appris au cours de l'année écoulée, *travail d'équipe* comptaient probablement parmi ceux qu'il aimait le moins. Leur usage suggérait d'ordinaire une tâche déplaisante ou un sacrifice personnel pour le bien collectif, et Rhys avait souvent fait les deux au cours de sa vie. Cependant, il avait appris à aimer travailler avec Gabriel et Aeric, à leur faire confiance au combat. Gabriel était un puits d'informations sur la magie et Aeric… Rhys n'avait pas encore complètement cerné Aeric, mais il avait quelques connaissances dans presque tous les domaines.

« Allons-y, » dit Aeric.

Ils quittèrent le gymnase par le côté opposé à celui par lequel ils étaient entrés, en traversant un court passage couvert qui sortait du domaine. Le manoir était situé sur Esplanade Avenue, juste au nord du Quartier Français, dans un quartier historique nommé le Tremé. le manoir et son terrain occupaient presque tout un pâté de maisons et les Gardiens devaient en outre utiliser une partie d'un parking de trois étages accolé à l'arrière du domaine pour ranger leurs nombreux véhicules.

Puisqu'ils se déplaçaient ensemble et essayaient d'aller vite, Aeric avait pris au vol les clés d'un 4x4 léger dans la cage aux armes. Il les lança à Rhys, qui était de facto le chauffeur du groupe. Moins de deux minutes plus tard, ils sortaient du parking et fonçaient vers le quartier Marigny.

Le trajet fut court, à peine un kilomètre. Il y avait peu de circulation dans les environs étant donné qu'il était plus de dix heures du soir un mercredi, aussi ils trouvèrent une place sur Spain Street à peine quelques minutes plus tard. C'était une rue résidentielle, bordée de maisons colorées en rangs serrés, presque aussi anciennes que la ville elle-même. Tout le quartier était plein de petites maisons de style « shotgun ». Rhys descendit d'un bond et regarda autour de lui, en essayant de repérer l'endroit où le miroir de vision avait montré leur cible.

Écho, se dit-il distraitement, *quel joli nom*. Rhys s'adressa une moue désapprobatrice et se concentra à nouveau, mais Gabriel fut le premier à résoudre l'énigme.

« Là, » dit Gabriel, le doigt tendu. « À quelques pâtés de maison, celle aux murs orange, là. »

L'autre Gardien avait raison. La maison couleur melon se démarquait, blottie entre une maison bleu canard et une autre vert citron, trois bâtiments gais et bien entretenus, identiques en dehors de leur couleur. Rhys s'élança et verrouilla la voiture tandis qu'ils descendaient le long du pâté de maisons.

Rhys s'arrêta de l'autre côté de la rue, en face de la maison orange, le numéro 307. Il passa devant et longea encore quelques maisons jusqu'à ce qu'il eût atteint un endroit d'où jaillissaient quelques orangers satsuma, dont l'épais feuillage leur fournissait une cachette parfaite.

« Aeric, surveille l'ouest, dit Rhys en désignant du doigt la direction de laquelle ils venaient. Gabriel, l'est. Je vais surveiller la porte d'entrée au cas où il y aurait du mouvement. »

Ils n'eurent pas longtemps à attendre. A peine quelques minutes après qu'ils eurent pris leur garde, la porte d'entrée du numéro 307 s'ouvrit à la volée avec un *bang* sonore. Un cri retentit et une blonde voluptueuse vêtue d'une robe bleu marine stricte surgit de la maison, pieds nus et pressée.

Rhys sentit Gabriel et Aeric se tendre à côté de lui, un sens né des années passées sur les champs de bataille, à se battre aux côtés de ses hommes. A cet instant Rhys était prêt à passer d'un bond à l'action. L'instant d'après la blonde levait les yeux et croisait son regard. Un instant, il était un guerrier prêt au combat, l'instant d'après il se noyait. Ses yeux s'emparèrent de lui, deux abîmes jumeaux de la couleur améthyste la plus profonde qu'on pût imaginer, d'un violet royal parsemé d'éclats d'or en fusion.

Partenaire.

Rhys sentit son ours intérieur s'agiter, monter vers la surface sans le forcer à se transformer. Ses lèvres s'entrouvrirent de leur propre chef et un cri rauque s'arracha à sa gorge. Puis il se mit en mouvement, sans rien savoir hormis le fait qu'il avait besoin de la toucher, de la protéger.

« Mienne, » gronda-t-il.

Une forme sombre débarqua dans le champ de vision de Rhys, qu'il n'appréhenda pas tout à fait sur le moment.

La forme sombre et floue heurta la partenaire de Rhys, qui poussa un cri stupéfait.

Crac.

Rhys s'arrêta net, le regard fixé sur un espace vide. Bien que la femme se fût trouvée sur le trottoir un instant plus tôt, à moins de quinze mètres, voilà qu'elle avait tout simplement... disparu.

« Il l'a entraînée dans un trou de ver, dit Gabriel en apparaissant près du coude de Rhys. Un repli d'espace entre ce monde et le suivant. On ne peut pas la suivre, il serait impossible de savoir précisément où ils sont allés. »

Rhys battit une ou deux fois des paupières et baissa les yeux vers ses mains, qui lui semblaient vides. Il n'avait jamais été aussi perdu auparavant, incapable de comprendre, incapable d'expliquer...

« Rhys, dit Aeric en lui donnant une tape sur l'épaule. Fais au moins semblant d'être vivant. »

Rhys se tourna vers lui, les lèvres retroussées sur ses dents. L'ours en lui réagissait désormais à la perte de sa partenaire, arrachant les derniers lambeaux du sang-froid soudain mis à mal. Quelque chose dans les yeux bleus d'Aeric changea, en réaction au défi de Rhys.

Rhys pencha la tête en arrière, sa bouche cherchant le ciel tandis que son corps se mis à onduler et que ses os changeaient de forme tandis que, d'homme qu'il était, il se métamorphosait en ours. Furieux et anéanti, Rhys poussa un beuglement frénétique et désespéré.

Il se laissa tomber à quatre pattes, fit volte-face et fila le long de la rue, sans se soucier de rien hormis de ce qu'il avait perdu.

CHAPITRE 5

RHYS

Laird Rhys Ian Bramford Macaulay avait fait beaucoup de choix difficiles au cours de sa vie et dans presque tous ces moments il avait choisi le bien-être des autres plutôt que le sien. Il était né pour régner, le sang dans ses veines était le résultat de générations successives de farouches chefs de son clan écossais. En tant que tel, il avait l'habitude à la fois de faire passer l'intérêt des autres avant le sien et de régler toutes les questions importantes de la manière qui lui convenait. Un martyr indulgent avec lui-même, si telle chose était possible.

À l'instant où sa future partenaire réapparut, revenant sur le plan humain dans un *crac* sonore, Rhys venait tout juste de parvenir à contenir son ours intérieur. Aeric et Gabriel avaient été forcés de le neutraliser avant que Rhys ne déclenchât une vague de panique dans toute la ville par des signalements d'ours furieux saccageant tout le 8ème Arrondissement. Les Gardiens venaient tout juste d'être reconnus comme un ajout bénéfique à la communauté Kith ; ils n'avaient vraiment pas besoin que Rhys fasse tout tomber à l'eau en faisant la une des journaux du soir pour avoir gravement blessé un agent de contrôle animalier.

Fort heureusement, les autres Gardiens l'avaient peu à peu calmé et ramené à l'endroit où la fille avait disparu, en insistant sur le fait qu'il devait l'attendre si jamais elle revenait. Leurs paroles étaient essentiellement du bluff, uniquement destiné à focaliser l'attention de Rhys et à l'apaiser.

Aussi, lorsque la superbe blonde aux courbes généreuses se jeta sur lui, il fut bien en peine de se retenir. Son ours intérieur se dressait et s'énervait déjà, insistant pour qu'il obéisse aux intenses pulsions croissantes d'accouplement qui se déployaient au creux de sa poitrine. Malheureusement, loin d'être réceptive à l'idée de se faire déshabiller, baiser et marquer, la future partenaire de Rhys hurlait à en faire sortir ses jolis yeux de sa tête et s'accrochait à ses épaules tandis que son corps tremblait sous l'effort de ses sanglots.

Il ne pouvait rien faire hormis essayer de la réconforter et espérer que sa toute nouvelle envie obsessionnelle d'enfoncer ses dents dans la peau tendre de son épaule allait passer. Il se contenta de passer ses bras autour d'elle pour lui rendre son étreinte, en s'émerveillant de la différence de taille de plus de trente centimètres entre eux. Elle n'était pas trop mince, sa silhouette en forme de sablier était agréablement substantielle, mais elle semblait néanmoins incroyablement fragile dans les bras de Rhys.

« Tout va bien, ma belle, » dit Rhys, tout en essayant de faire comme si le fait d'aspirer de profondes bouffées de son parfum ne le grisait pas étrangement. Rhys identifia immédiatement son parfum comme celui des fleurs sauvages et de la lumière du soleil et cette précision le laissa stupéfait.

Rhys lança à Gabriel un coup d'œil impuissant, ne sachant pas trop quoi faire.

« Donne-moi les clés, tu veux ? » demanda Gabriel.

Rhys extirpa les clés du 4x4 de sa poche d'une seule main et les lança à Gabriel, puis reporta son attention sur la fille.

« Écho ? demanda-t-il avec douceur, trouvant son hésitation absurde. C'est ton nom, c'est bien ça ? Écho Caballero ? »

Écho renifla et recula de quelques centimètres, la gêne teintant ses joues d'un rose délicat. Rhys comprenait son malaise. L'appel entre partenaires potentiels était puissant, les attirants l'un à l'autre telle la foudre formant un arc électrique vers le sol ; cette sensation avait pour but de faire oublier que l'autre était un parfait inconnu.

« O – oui, » dit-elle en balayant son visage du dos de sa main.

Rhys n'avait jamais autant souhaité avoir un mouchoir. Cette idée lui fit froncer les sourcils, parce que réconforter des femmes ne faisait certainement pas partie de ses habitudes ordinaires. Le fait qu'il eût envie de le faire… eh bien, il mettrait ça sur le compte de la magie de l'accouplement.

« Je m'appelle Rhys Macaulay, dit-il bêtement. R-H-Y-S, ça se prononce comme du riz avec un S au bout. Mes… amis, ici présents… s'appellent Gabriel et Aeric. »

Une fois de plus, Rhys fut frappé par sa perte totale de contrôle sur ses désirs. Il ne s'expliquait devant personne et épelait encore moins son nom ou en expliquait la prononciation, mais il n'avait qu'à plonger son regard dans ces yeux violets éblouissants et voilà qu'il était... fichu. C'était aussi injuste qu'immuable. Il ne pouvait tout simplement rien y faire, ce qui l'agaçait profondément.

« Rhys, dit Écho pour s'essayer à prononcer ce mot. C'est un très beau nom. »

Gabriel gara le 4x4 le long du trottoir et Rhys serra doucement Écho.

« Écho, je sais bien que tu ne me connais pas, mais je crois que tu sais que tu peux me faire confiance. N'est-ce pas ? » demanda-t-il.

Il la regarda réfléchir à ses paroles, peinant peut-être à déchiffrer les parties de son discours les plus teintées d'accent. Son accent écossais semblait bel et bien plus prononcé lorsqu'il regardait son visage. Au bout d'un moment, elle hocha la tête.

« Oui. Mais je ne sais rien, dit-elle en attrapant sa lèvre inférieure entre ses dents.

– Ça, je te l'expliquerai plus tard. Pour l'instant, j'aimerais bien que tu viennes avec moi. Je vis tout près d'ici, avec ces messieurs. Rhys désigna d'un geste Aeric et Gabriel. Je crois que tu es impliqué dans quelque chose qui te dépasse et j'aimerais t'emmener dans un endroit sûr. Notre maison est bien gardée. »

Écho hésita et s'écarta complètement de lui, se laissant un peu de place pour réfléchir.

« Tu n'es pas obligée de rester, » dit Rhys, qui sut qu'il mentait à l'instant où ses paroles eurent franchi ses lèvres. Il éprouvait une étrange sensation de brûlure dans le ventre et la conscience de son mensonge lui brûlait les lèvres. « Mais tu ne peux pas te promener comme ça dans la nature, ma belle. Ne te fais pas d'illusion, cet homme va revenir te chercher. »

Son regard revint d'un bond vers le sien, affolant son cœur comme celui d'un gamin transi d'amour. Rhys faillit pousser un grognement, mais il craignit de faire peur à Écho. Elle l'évalua à nouveau d'un coup d'œil et il devina qu'elle avait tout autant que lui l'impression de ne pas se contrôler.

« D'accord, dit-elle. Seulement jusqu'à ce que j'aie un plan, d'accord ? »

Rhys hocha la tête avec raideur, car il était tout à coup incapable de lui mentir. Son cerveau le pensa, ses lèvres essayèrent de former les sons, mais sa langue devint aussi lourde que du plomb et les mots *bien sûr* refusèrent tout simplement de sortir de sa bouche.

« Bordel de merde, » dit-il, abasourdi.

Écho leva les yeux, stupéfaite.

« Ce n'est rien, assura-t-il avec un soupir. Je... m'adapte, c'est tout. »

L'expression d'Écho refléta sa compréhension. Elle laissa Rhys la conduire au 4x4 et à l'aider à monter sur la banquette arrière. Il fit le tour et se glissa à côté d'elle, ses lèvres s'incurvant en une moue lorsque ses doigts furent pris d'un besoin cuisant de la toucher, d'être en contact avec elle d'une manière ou d'une autre. Le regard de Rhys glissa vers l'avant, où Gabriel et Aeric semblaient faire tout ce qui était en leur pouvoir pour regarder partout sauf en direction de Rhys et Écho.

Le lien d'accouplement était très redouté par la plupart des métamorphes et Rhys était l'exemple vivant des raisons pour lesquelles c'était le cas. Tandis que Gabriel les conduisait vers le garage du manoir, Rhys se retrouva à réfléchir en silence au fait que ses instincts avaient pris le dessus sur sa raison. Aussi loin qu'il pût le prédire, du moins jusqu'à ce qu'il pût sceller l'accouplement en marquant Écho, il semblait que Rhys serait gouverné par son désir et son inquiétude à l'égard de sa partenaire.

Agacé par l'étrange tournure que venait de prendre son destin, Rhys serra les poings et s'efforça de regarder par la vitre, tout en essayant de tempérer la sauvagerie qui régnait sur son cœur. Lorsqu'ils sortirent de la voiture, Rhys se contrôlait un peu mieux. Il faillit néanmoins répondre à Aeric par un grondement lorsque l'autre Gardien essaya d'ouvrir la portière d'Écho, mais parvint à réprimer le son, mais pas son regard mauvais.

« Euh... » dit Écho tandis qu'ils traversaient le passage couvert et entraient dans le gymnase. Elle regarda autour d'elle avec une appréhension manifeste et Rhys eut un petit rire en réalisant qu'Écho pensait qu'ils vivaient dans le gymnase.

« La maison est par ici, » dit-il en posant sa main sur le bas de son dos et en la guidant jusqu'à l'autre bout du gymnase. Le fait qu'elle frissonnât à son contact ne lui échappa pas, bien qu'il ne fût pas certain de la cause. La nervosité, très probablement, bien que, s'il devait se fier à son propre degré d'excitation...

« Waouh, » dit Écho tandis qu'ils pénétraient dans le jardin du Manoir. Elle leva le menton pour observer l'immense demeure couleur ardoise grise et son regard curieux grimpa le long de chacun des quatre étages. « C'est là que tu *vis* ?

– Si tu savais, dit Rhys. Gabriel l'a acheté pour les Gardiens.

– Attends un peu, » dit Écho en s'arrêtant et en lui prenant la main pour attirer son attention. Rhys s'emballa même à ce contact infime, ce qui ne fit que le rendre encore plus furieux envers lui-même. « Tu es un des Gardiens ? »

Elle le regarda de la tête aux pieds, ses yeux s'attardant sur son épée ses pistolets et parut rassembler les pièces du puzzle avant que Rhys ne réponde.

« Depuis un an, oui.

– J'ai entendu parler de vous, évidemment, mais je me disais en quelque sorte que vous étiez un genre de... de légende urbaine, reconnut Écho en repoussant sa crinière blonde de son visage.

– On est tout ce qu'il y a de plus réel, » dit Rhys. Les commissures de ses lèvres se recourbèrent de leur propre chef. Ce n'était qu'une sensation de plus dans une longue série d'événements bizarres – Rhys ne souriait pas beaucoup, préférant se concentrer sur son devoir envers les gardiens suite à la perte récente de son clan.

Écho leva les yeux vers lui avec un certain émerveillement et un minuscule sourire éclaira sa bouche pulpeuse. Rhys sentit sa langue bouger avant de s'apercevoir qu'il se léchait les lèvres, se préparant inconsciemment à l'embrasser. Son besoin de la goûter était palpable, une tension croissante dans ses muscles, un frisson avide dans le bas de son corps.

Écho recula d'un pas, faisant voler le charme en éclats.

« Oh, chouette, dit-elle un peu trop précipitamment. Je parie que c'est encore plus joli à l'intérieur. »

Rhys saisit le message et la guida à l'intérieur par la porte de derrière, hochant patiemment la tête tandis qu'elle lorgnait le séjour et la cuisine. Quand on venait de l'Écosse du XVIIIème siècle, toutes les maisons dans lesquelles on entrait semblaient relativement agréables. Les gadgets haut-de-gamme et le décor chic ne l'impressionnaient pas beaucoup plus que n'importe quel autre endroit, mais il comprenait vaguement que c'était plutôt somptueux.

« Waouh. Mon appartement rentrerait au moins... trois fois dans cette pièce, » calcula Écho.

Rhys haussa un sourcil et ses lèvres tressaillirent.

« Attends un peu de voir le reste, » dit-il.

Mère Marie apparut, mais au grand soulagement de Rhys, Aeric parvint à détourner son attention et l'attira à l'écart pour récapituler les événements de la journée. Si Rhys avait un peu de chance, Aeric omettrait le moment où, de rage, il s'était changé en ours et avait filé dans la rue en plein jour. Heureusement pour Rhys, la magie des métamorphes était telle que ses vêtements étaient intacts lorsqu'il avait repris sa forme humaine. S'il s'était retrouvé nu, les deux autres Gardiens n'auraient jamais cessé de le lui rappeler pour le restant de ses jours. Lorsque Gabriel lança à Rhys un coup d'œil impatient, Rhys saisit le signal et guida Écho vers le vestibule.

« Qu'est-ce que tu dirais de la faire tout de suite, cette visite ? » suggéra-t-il alors même qu'il la poussait pratiquement hors de la pièce en direction des escaliers.

Écho le laissa l'entraîner en haut des escaliers sans poser de questions, ce dont Rhys lui fut reconnaissant.

« Donc le premier étage est celui d'Aeric. Le second est à moi et le troisième à Gabriel. Le quatrième étage appartient à Mère Marie et à Duverjay que tu rencontreras bien assez tôt, j'en suis certain.

– Qui sont-ils ? » demanda Écho tandis qu'ils montaient vers le palier du second étage.

– Mère Marie est la patronne, faute d'un meilleur terme. Duverjay est notre majordome, en quelque sorte. »

Écho hocha la tête mais ne fit pas de commentaire, réservant apparemment son jugement. Lorsqu'ils quittèrent la cage d'escalier, Rhys prit conscience du fait qu'il fallait qu'il établisse quelques règles de base pour le séjour d'Écho.

« Le quatrième étage est interdit d'accès, quelles que soient les circonstances, » lui dit-il. Après une brève pause, il ajouta : « En fait, le seul étage où tu devrais entrer, c'est le second. Aeric et Gabriel ne seront pas ravis de ta présence dans leurs appartements. »

La véracité de ces propos était discutable, mais Rhys ne supportait pas l'idée d'Écho dans la chambre d'un autre homme, fût-il aussi sévère et désintéressé qu'Aeric.

« D'accord, dit Écho en fronçant les sourcils. Donc... je suppose que ça me cantonne à ta chambre, dans ce cas ?

– À mes appartements. Et tout le rez-de-chaussée, bien sûr. » Rhys haussa un sourcil. « Ça ne fait jamais que... trois-cent mètres carrés, à peu de choses près ? Ça te laisse plein de place pour bouger. »

Écho lui lança un regard mais ne répondit pas tandis qu'elle le suivait jusqu'à la première porte du palier du second étage. Rhys ouvrit la porte et lui fit signe d'entrer dans son espace de vie personnel. Le côté gauche de la pièce était occupé par une cheminée ancienne tandis que d'immenses bibliothèques s'alignaient le long des murs. Deux fauteuils étaient installés devant la cheminée et à côté d'eux se trouvait une petite desserte où étaient posés deux volumes reliés plein cuir, plusieurs bouteilles de scotch et un seul verre.

La bibliothèque était complétée par une grande table de bois massif assortie de deux chaises au dossier raide. Un tas de papiers, de stylos et de livres reposait sur la table, preuve que Rhys s'en servait souvent. La table faisait face à une immense baie vitrée, ce qui en faisait un magnifique endroit pour travailler.

Le côté droit de la pièce était divisé à part égales entre une zone d'entraînement bien rangée et un espace de travail plus technique, un bureau équipé de plusieurs écrans d'ordinateur et d'un certain nombre de gadgets haut-de-gamme. Le côté droit était séparé en son milieu par une porte et Rhys l'ouvrit pour Écho.

Il la conduisit jusqu'à sa chambre, un endroit simple et rudimentaire meublé d'un lit à baldaquin, d'une immense armoire, et d'une paire de tables de chevet assorties. Cette pièce aussi avait une baie vitrée spectaculaire, devant laquelle était posée une chaise longue afin de pouvoir s'asseoir et contempler la circulation animée des piétons sur Esplanade Avenue. La chaise longue était la seule touche de douceur dans une pièce par ailleurs pratiquement vide.

« Suis-moi, » dit Rhys en prenant Écho par le coude.

Il la guida par une autre porte mitoyenne jusqu'à une somptueuse salle de bain qui contenait à la fois une baignoire spa et une douche d'une taille fantastique. C'était l'équipement de ses appartements privés que Rhys préférait, d'autant que les douches chaudes interminables étaient un confort typiquement moderne qu'il adorait.

Rhys se dirigea vers la dernière porte attenante à l'autre bout de la salle de bain et conduisit Écho dans la chambre d'amis. Elle était meublée d'un lit double d'aspect confortable, d'une petite armoire et d'une table de chevet. Elle contenait également une seule étagère remplies de livre, que Rhys n'avait pas choisis lui-même : ils faisaient simplement partie du décor. À côté de la bibliothèque se trouvaient un très agréable fauteuil capitonné et une liseuse, deux éléments de plus qui étaient déjà là lorsque Rhys avait emménagé.

Écho regarda autour d'elle avec un certain intérêt et hocha la tête. Elle regarda Rhys et haussa les épaules d'un air satisfait.

« C'est sympa, dit-elle avec une expression qui ne trahissait rien.

– Eh bien, c'était un peu... je n'y ai rien changé, dit Rhys d'un air gêné. Comme tu t'en doutes, je ne suis pas très doué pour la décoration d'intérieur. »

Ses paroles firent sourire Écho et l'attraction magnétique dans la poitrine de Rhys l'attira une fois de plus vers elle. Les yeux de Rhys glissèrent sur sa silhouette, de sa crinière de cheveux blonds jusqu'aux généreuses rondeurs de ses seins et de ses hanches, puis revinrent vers ses lèvres rosées.

À cet instant précis, il paraissait presque impossible à Rhys de lui résister. Il ne savait pas trop s'il s'agissait de leur lien de paire accouplée ou d'alchimie pure et simple, mais lorsque Écho leva les yeux vers lui et que leurs regards se croisèrent Rhys fut incapable de se détourner. Améthyste et émeraude entrèrent en collision. L'envie de la toucher lui brûlait les doigts. Il eut tout à coup l'impression d'avoir la bouche sèche tandis qu'il pensait à la saveur qu'elle pouvait avoir, son corps se tendit d'anticipation à la seule possibilité de sa peau effleurant la sienne.

Rhys remarqua la teinte rose vif qui se répandait sur les joues d'Écho et pendant un instant de folie il se dit qu'elle ressentait peut-être exactement la même chose que lui. L'attirance, l'appel soudain et indéniable. La curiosité de Rhys s'accrût aussitôt et les lèvres d'Écho s'entrouvrirent tandis qu'elle faisait un pas hésitant dans sa direction.

Elle avait à peine bougé, mais cela suffit amplement à sceller leurs deux destins.

À la seconde où Rhys s'avança Écho recula de quelques pas

en direction de la porte. En un clin d'œil, Rhys l'accula contre la porte, les narines frémissantes tandis qu'il emplissait plusieurs fois ses poumons de son odeur alléchante. Il sentait toujours le soleil et les fleurs sur sa peau, mais il y avait désormais des notes sous-jacentes d'anxiété et d'excitation, de désir, également, bien qu'il fût indubitablement atténué par toutes les autres émotions qui voltigeaient dans l'esprit d'Écho à cet instant.

Rhys n'entendait pas tolérer son ambivalence. Il la prit au piège contre la porte avec ses bras et prit un instant pour admirer sa stature délicate tandis qu'elle levait son visage pour le regarder. Il la contempla pendant de longues secondes, en essayant de déchiffrer la myriade de sentiments qui apparaissaient et disparaissaient en un éclair dans ses grands yeux lilas, mais elle constituait une énigme trop complexe pour être résolue si vite. La langue d'Écho sortit brièvement pour humecter sa lèvre inférieure, son appréhension et son désir devenant évidents et Rhys ne put plus attendre.

Il fit durer l'instant, désireux de savourer sa partenaire pour la première fois. Il repoussa doucement ses cheveux de son visage et les glissa derrière son oreille. Puis il traça le contour de sa mâchoire près de son oreille de son pouce, remarquant son frisson avec un soupçon de profonde satisfaction masculine. Il glissa son pouce sous sa mâchoire et leva son visage à sa convenance, puis se pencha lentement, laissant son souffle balayer ses lèvres le temps d'un battement de cœur avant de presser ses lèvres contre les siennes.

À la seconde où leurs lèvres se touchèrent, quelque chose se produisit en lui, au plus profond de sa poitrine. On eût dit qu'il était libéré d'une sensation d'oppression, tandis que quelque chose s'ancrait profondément en lui. Écho émit un son très doux et s'approcha, ses mains glissant sur les épaules de Rhys pour se nouer derrière son cou. Ses lèvres bougèrent contre les siennes puis s'entrouvrirent tendrement, en une invitation sans équivoque à approfondir le baiser.

Chaque goutte du sang de Rhys grondait à ses oreilles tandis qu'une de ses mains se refermait sur les côtes d'Écho et qu'il plongeait l'autre dans la masse soyeuse de sa chevelure. Son ours intérieur grognait, farouche et satisfait, l'incitant à continuer. Le temps avait ralenti pendant un instant, mais à présent il accélérait.

Rhys donna de petits coups de langue contre celle d'Écho, la goûtant pleinement. Elle répondit, enfonçant ses doigts dans sa nuque, ses seins échauffant sa peau là où ils se pressaient contre lui. Rhys grogna contre sa bouche lorsqu'elle effleura son bassin du sien et il sentit sa surprise lorsqu'elle découvrit son érection et son désir.

À dire vrai, il était en érection depuis l'instant où il avait posé les yeux sur elle, mais le contact le plus infime de la part d'Écho l'embrasa. Rompant le baiser, Rhys pencha sa tête de côté et mordilla le lobe de son oreille et faillit se perdre lorsque Écho gémit pour lui.

Incapable de s'en empêcher, il enfouit sa bouche à la jonction de son cou et de son épaule et la marqua de ses lèvres et de ses dents, non pas pour la revendiquer comme sa partenaire, pas sans sa connaissance et son consentement, mais comme un aperçu de ce qui l'attendait. Sa main libre vint se poser sur son sein, trouvant et taquinant son mamelon durci à travers sa robe et son soutien-gorge. Il en explora la rondeur plantureuse, ravi de son poids rebondi et déposa des baisers le long de sa clavicule exposée.

Ce ne fut qu'alors que Rhys ralentit, prenant conscience du fait qu'il se comporterait comme une brute en l'embrassant et en s'emparant d'elle sans qu'elle n'y comprenne rien. Et s'il la prenait là, tout de suite, penchée sur le lit exactement comme il l'imaginait, Écho criant son nom tandis qu'il la baisait si bien qu'elle ne regarderait plus jamais un autre homme...

Eh bien, s'il le faisait, il ne pourrait pas s'empêcher de s'emparer d'elle. Quelque chose lui disait qu'Écho, femme moderne jusqu'au bout des ongles, ferait une exception pour que Rhys la domine de la sorte. Elle l'accepterait et bientôt, mais... peut-être avait-elle besoin d'un peu de temps pour s'adapter à lui.

« Rhys ? demanda Écho, dont la poitrine se soulevait et s'abaissait tandis qu'elle essayait de contrôler sa respiration.

– Je ne veux pas... Rhys s'interrompit, ne sachant pas trop

quelle formule adopter. Je ne veux pas profiter de toi. On vient tout juste de se rencontrer. »

Écho leva les yeux vers lui avec un air si perdu que ça faillit le tuer. Rhys recula d'un pas et lui prit la main, l'attirant vers le lit.

« Viens t'asseoir avec moi, » l'encouragea-t-il.

La gêne répandait déjà une vive rougeur sur son visage et son cou, aussi Rhys ne fut-il pas terriblement surpris lorsqu'elle s'écarta.

« Je... Il faut que j'y aille, dit Écho en se détournant.

– Tu ne peux pas, dit Rhys dont le plaisir s'estompa. Tu n'es pas en sécurité. C'est pour ça que tu es ici, tu te rappelles ?

– Tu ne peux pas me retenir ici, » dit-elle en lui décochant un regard agacé.

Rhys avait des mots désapprobateurs sur le bout de la langue, mais il les retint. Il avait beau pouvoir la retenir ici, il ne le ferait pas.

« Je veux seulement que tu sois en sécurité, dit-il à la place. Il y a beaucoup de choses que tu ne comprends pas encore. L'homme qui t'a fait enlever, Père Mal... Il est dangereux, Écho. »

Il n'avait pas dû utiliser les mots qu'il fallait, car Écho fronça les sourcils.

« La sécurité, c'est relatif, lui dit-elle d'une voix atone. Ce type, Père Mal, n'a aucune raison de me vouloir, moi. Je ne vis même pas dans le monde des Kith. C'est juste que... je ne peux pas rester ici. Et franchement, je ne sais même pas pourquoi tu t'en soucies. On ne se connaît pas. »

Et bien que Rhys eût envie d'émettre une objection, il ne le pouvait pas. Elle avait raison sur ce dernier point et il n'était pas tout à fait prêt à lui jeter cette histoire d'accouplement au visage. Elle avait déjà encaissé beaucoup de choses aujourd'hui.

« Écho – » commença-t-il, en s'efforçant de trouver quoi dire, mais elle se dirigeait déjà vers la porte.

Rhys attendit une minute entière, essayant de se calmer avant de se lancer à sa poursuite, ne voulant pas l'effrayer pour de bon. Lorsqu'il arriva sur le palier, elle était dans les escalier. Avant qu'il n'arrive au rez-de-chaussée, la porte d'entrée se ferma en claquant.

Lorsqu'il sortit, Écho n'était plus là.

CHAPITRE 6

ÉCHO

Écho se précipita jusqu'au bout du pâté de maisons opposé au manoir et se retourna en se mordant la lèvre. Le manoir lui-même était assez puissamment gardé pour ne pas pouvoir être distingué depuis la rue et se fondait avec les autres bâtiments de manière à simplement détourner l'attention de l'observateur. C'était un sort ingénieux, suffisamment bien jeté pour qu'Écho ne puisse pas vraiment regarder le manoir, bien qu'elle vînt tout juste de le quitter.

Elle observa l'endroit où elle supposait que le manoir se trouvait avec un sentiment de culpabilité, en attendant l'inévitable. Rhys en émergea une minute plus tard, en regardant autour de lui d'un air abasourdi. Écho avait jeté son propre sort de dissimulation, l'un des rares sorts qu'elle connût par cœur et, bien que Rhys pût peut-être *sentir* sa présence dans les environs, il ne pourrait pas poser les yeux sur elle.

Elle le regarda avec une considérable stupéfaction sortir à grands pas dans la rue et traverser devant un groupe de jeune femmes qui s'arrêtèrent au milieu de la route pour le regarder, bouche bée. Écho ne pouvait pas leur en vouloir le moins du monde.

Rhys mesurait presque deux mètres, tout en muscle, ses cheveux bruns coupés courts, sa barbe rousse parfaitement taillée. Il portait toujours sa tenue de combat, bien qu'il eût retiré le lourd gilet pare-balles qu'il portait plus tôt. Les vêtements le moulaient aux bons endroits, mettant en valeur son dos musclé et ses hanches étroites. Écho n'avait pas encore reluqué le cul de Rhys, mais elle était prête à parier qu'il était aussi superbe que le reste de sa personne.

Et le meilleur dans tout ça, c'est qu'il ne jetait même pas le moindre coup d'œil à la meute de femmes plus jeunes et plus minces qui le dévisageaient, sans faire le moindre effort pour dissimuler leur intérêt. Rhys était déterminé… et seulement éloigné d'une dizaine de mètres à présent, à cause du temps qu'Écho avait pris pour l'admirer. Écho grimaça et prit ses jambes à son cou, saisie d'un nouvel élan de culpabilité. Une fois qu'elle se serait éloignée un peu plus, Rhys ferait sûrement demi-tour et la laisserait bien tranquille. Certes, il y avait une sorte de lien entre eux. L'alchimie qu'Écho avait ressentie entre elle et lui était surnaturelle et ne ressemblait à rien de ce qu'elle avait connu auparavant.

Curieusement, elle lui rappelait un peu la manière dont la mère d'Écho avait, longtemps auparavant, décrit sa rencontre avec son père.

Le coup de foudre. Je l'ai regardé, il m'a regardée et il a fallu qu'on soit l'un à l'autre, c'est tout, avait expliqué la mère d'Écho en riant et en rougissant. À l'époque, Écho, alors âgée de cinq ans, s'était contentée de faire semblant de vomir, bien que son intérêt pour son mystérieux père fût vaste.

Chassant le souvenir de sa mère, Écho s'aperçut qu'il fallait qu'elle décide d'un endroit où aller au lieu de se promener simplement sans but et de constituer une belle cible bien facile pour l'homme qui l'avait enlevée plus tôt.

Père Mal, se dit-elle en tournant et retournant ce nom dans son esprit. Ça lui disait effectivement quelque chose, bien qu'elle ne sût pas trop pourquoi et, mystère plus grand encore, pourquoi quelqu'un aurait voulu l'enlever elle en particulier ? Elle ne fréquentait pas beaucoup de Kith, ni ne passait beaucoup de temps dans leur monde sauf pour se rendre au marché une fois par semaine pour ses herbes. Bon sang, elle en faisait, des efforts pour atténuer ses facultés psychiques et bloquer ses pouvoirs afin de pouvoir faire profil bas et de mener une vie normale.

Avec un soupir, elle s'aperçut qu'elle était passée en mode pilote automatique et avait laissé ses pas la guider vers son appartement du Centre-Ville. Si ce Père Mal était à sa recherche, sa maison et son lieu de travail seraient les deux premiers endroits où il la chercherait. Elle fit demi-tour, en évitant complètement le manoir et repartit en direction du marché. Elle avait enchaîné son vélo bleu ciel près de l'entrée qu'elle avait utilisée plus tôt et si elle devait aller là où elle comptait aller, elle ne voulait pas être à pied.

Après avoir bondi sur son vélo, elle prit la direction opposée au Quartier Français et se mit à pédaler vers la maison de sa Tante Ella dans le quartier St Roch. Tee-Elle, en tant que Ms. Ella Orren, était connue et appréciée de tous ceux qu'elle rencontrait et aurait certainement des réponses aux questions d'Écho.

Il était en outre très possible qu'une fournée toute fraîche des meilleurs biscuits aux pralines ou de tartes aux noix de pécan de la ville fussent en train de refroidir dans la cuisine de Tee-Elle à cet instant précis. Écho consulta sa montre et eut un large sourire ; il était seize heures trente, l'heure des pâtisseries fraîches de sa tante.

Tee-Elle n'était pas liée à Écho par le sang, mais elle et la mère d'Écho avaient grandi ensemble. En tant que petite fille blanche sauvage et petite fille noire loufoque dont les familles se partageaient une maison mitoyenne de style "shotgun" dans le nord du Neuvième Arrondissement, Tee-Elle Orren et Cadence Caballero avaient été inséparables.

Tee-Elle avait pris Écho chez elle après la mort de ses parents, à six brefs mois d'écart. Tee-Elle était la tutrice légale d'Écho et sa mère de substitution depuis l'âge de six ans. Vingt ans plus tard, son nom était toujours en tête de la certes courte liste des amis et des membres de la famille d'Écho.

Écho descendit de son vélo sur le trottoir devant le bungalow vert fluo à la décoration fantasque de Tee-Elle. Elle monta son vélo en haut des marches du perron de l'entrée et l'enchaîna à la rambarde. Tee-Elle avait beau être une légende dans son quartier, un vélo laissé sans surveillance dans ces parages n'eût pas tardé à disparaître – sans sort de dissimulation.

Écho leva la main pour frapper à la porte de Tee-Elle et ses lèvres s'incurvèrent vers le haut en voyant la pancarte peinte à la main où l'on pouvait lire *Nouvelle-Orléans – Fiers de rentrer à la nage*. Cette petite plaisanterie sur l'Ouragan Katrina était populaire parmi les habitants du coin, bien que la tempête eût privée Tee-Elle de son foyer précédent dix ans plus tôt, rien ne pouvait empêcher cette femme de se relever et rien ne pouvait l'obliger non plus à quitter son quartier bien-aimé.

La main d'Écho n'eut même pas le temps de heurter la porte d'entrée en aluminium cabossé que celle-ci s'ouvrit à la volée. Tee-Elle lui adressa un sourire radieux et gloussa de plaisir à la vue de sa nièce bien-aimée.

« Ma chériiiiiiiiiiiiiiiiiiiiiiiiie ! chantonna Tee-Elle. Il était temps que tu ramènes tes fesses chez moi. T'as dû sentir les pralines, hein ? »

Écho éclata de rire et serra Tee-Elle, en constatant que la bonne humeur de sa tante était contagieuse.

« Tu le sais bien, dit Écho, en adoptant machinalement la façon de parler familière de Tee-Elle. Ça fait un bon moment que j'ai pas mangé une de tes pralines. »

Tee-Elle se retourna et la conduisit dans la maison et le sourire d'Écho s'élargit encore lorsqu'elle vit qu'elle était enveloppée d'une robe arc-en-ciel entièrement recouverte d'un imprimé zébré. Elle ne portait pas vraiment de vêtements, mais s'emmaillotait plutôt dans des tissus et enveloppait ses longues et fines tresses grises dans d'autres morceaux de tissu voyants, ce qui lui donnait une allure clairement excentrique.

Tee-Elle alla droit au frigo et Écho fut stupéfaite de voir que sa tante avait un énorme réfrigérateur à deux portes tout neuf. L'appareil paraissait monstrueux dans cette cuisine vieillotte et particulièrement énorme à côté de Tee-Elle elle-même, qui mesurait un mètre quarante dans ses bons jours.

« Tee, dit Écho en fronçant le nez. C'est quoi, ça ? »

Tee-Elle sortit un gallon de lait entier, le préféré d'Écho depuis l'enfance, et la posa sur la table en un clin d'œil.

« T'en fais pas. Les affaires de Tee-Elle vont fort bien, ma p'tite demoiselle, » dit Tee-Elle à Écho.

Écho observa le frigo et se demanda combien de tartes à la noix de pécan il fallait vendre pour acheter un truc pareil. Non que cela la regardât, mais toute la famille était d'une curiosité insatiable.

« Je peux aller chercher mon verre moi-même, » dit Écho à Tee-Elle, qui souffla bruyamment et la poussa sur une chaise.

Écho se retint de glousser lorsque sa tante dût se servir d'un marchepied pour prendre deux verres dans le placard mural.

« Bon, maintenant, dit Tee-Elle en posant les verres sur la table en s'asseyant en face d'Écho. Causons sérieusement. Il se passe un truc chez toi. Je le vois ici et ici. »

Tee-Elle passa la main sur des points de l'aura d'Écho et la regarda avec impatience. Sans laisser à Écho le temps de parler, elle poussa une exclamation étranglée et se leva d'un bond.

« J'ai oublié les fichues pralines, bébé, se réprimanda Tee-Elle en sortant une plaque de biscuits à la noix de pécan tout frais du four. J'perdrais ma tête si elle était pas collée. »

Écho éclata de rire et accepta un biscuit, miaulant doucement de plaisir lorsqu'elle mordit dedans. Un délice collant et sucré de caramel et de noix de pécans fondit sur sa langue et il lui fallut plusieurs instants et une grande gorgée de lait avant de pouvoir passer aux choses sérieuses.

« D'accord... J'ai quelques, euh... questions de Kith, » dit Écho, en gardant les yeux rivés sur les biscuits au lieu de regarder sa tante.

Tee-Elle resta silencieuse pendant quelques secondes, avec un air de surprise manifeste.

« Eh bien, d'accord, bébé. Tout ce que tu veux savoir tu peux me demander, tu sais bien, dit Tee-Elle une fois qu'elle s'en fut remise. T'as jamais vraiment voulu en parler avant, c'est tout. »

Écho se mordit la lèvre, consciente du fait que sa tante se montrait polie. Écho n'avait jamais voulu entendre parler de la magie de quelque manière que ce fût, allant même jusqu'à refuser de parler de ses propres parents. Ce n'était qu'au cours de ces deux dernières années qu'Écho avait accepté de tolérer le sujet de ses parents et même alors elle se contentait d'écouter, et n'abordait jamais le sujet.

« Tante Elle, ne te mets pas en colère, mais je crois que j'ai des ennuis, confia Écho, dont les épaules s'affaissèrent. Mais je ne sais pas ce que j'ai fait de mal ! »

L'expression de Tee-Elle s'assombrit aussitôt et elle tendit la main pour prendre celle d'Écho.

« Raconte-moi, dit-elle gravement. Et tu m'racontes tous les détails, t'entends ? »

Écho hocha la tête et fit le récit de sa journée, en n'omettant de raconter que l'intensité de son attirance pour Rhys.

« Je ne sais rien du tout sur les Gardiens. Je ne savais même pas qu'ils étaient réels. Et je jure que je ne connais aucun Père Mal, » conclut Écho.

Vu que Tee-Elle semblait pâlir d'une teinte de plus chaque fois qu'elle répétait ce nom, Écho se contenta de prendre une inspiration et laissa sa tante poser ses questions.

« Tu prends toujours cette Cape de Sorcière et toutes les autres herbes comme j't'ai dit ? demanda Tee-Elle.

– Normalement, ouais. Mais j'ai pas pu en avoir aujourd'hui, évidemment.

– J'me demandais pourquoi je voyais autant d'couleurs tout autour de toi, dit Tee-Elle en observant une fois de plus l'aura d'Écho. Et ça, là, ce rose et ce rouge... c'est tout nouveau. Ton gars Rhys, là, il doit être vraiment spécial, hein ? »

Écho vira à l'écarlate, bien qu'elle fût bien trop âgée pour être gênée d'avoir le béguin pour quelqu'un. Franchement, Tee-Elle était la plus grande dragueuse du monde et la dernière personne qui eût dissuadé Écho de passer du temps avec un homme séduisant. Cependant, Écho n'arrivait pas à parler vraiment de ce qu'elle avait ressenti plus tôt avec Rhys. Elle avait un peu l'impression de ne pas avoir les bons mots pour expliquer tout ça.

Étant donné qu'Écho était diplômée en Littérature Anglaise de l'Université de Loyola, ne pas avoir les bons mots pour *quoi que ce fût* était presque impensable.

« Il est spécial, oui, acquiesça Écho.

– Enfin, t'es venue au bon endroit, au moins. Tu sais que je protège tellement bien cet endroit que l'diable en personne pourrait pas entrer ici sans que j'lui donne la permission, dit Tee-Elle en croisant les bras. Pour cette histoire avec… le Père… je vais passer quelques coups de fils, écouter quelques rumeurs directement du marché Gris. »

Tee-Elle avait des liens étroits avec le marché Gris, puisqu'elle y louait parfois un étalage pour vendre ses pâtisseries et certains de ses grigris spéciaux lorsqu'elle tombait sur les ingrédients qu'il fallait. Bien que Tee-Elle n'eût jamais étudié suffisamment pour devenir une prêtresse Vaudou à proprement parler, elle était très puissante et profondément liée à ses croyances et à la communauté spirituelle.

« Personne embêtera ma p'tite, assura Tee-Elle à Écho en lui tapotant la main. Va dans le salon et regarde-toi un peu de Jeopardy comme tu aimes, bébé. J'vais passer quelques coups de fils.

– Merci, Tee, » dit Écho.

Elle prit une autre praline et son verre de lait et laissa faire sa tante. En dix minutes, Écho se retrouva allongée sur le canapé bleu fané de Tee-Elle, les paupières de plus en plus lourdes tandis qu'une sieste d'après-pralines l'envahissait. Elle s'était peut-être endormie pendant quelques minutes, mais lorsque Écho se réveilla, il y avait encore Jeopardy à la télévision. Elle remua et bâilla, en se demandant pourquoi elle s'était réveillée. Elle était toujours exténuée, loin d'être suffisamment reposée pour vouloir se lever.

Elle entendit un bruit, un très léger grattement. Les sourcils froncés, Écho se redressa en position assise et s'efforça de chasser un peu sa somnolence. Elle l'entendit à nouveau, un peu comme une branche effleurant la porte d'entrée en aluminium. Sauf que la porte d'entrée était ouverte, étant donné qu'elle pouvait voir la moustiquaire. Ça, et le fait qu'il n'y avait pas d'arbres dans le jardin devant la maison de Tee-Elle.

Le pouls d'Écho s'accéléra tandis qu'elle se levait et se dirigeait vers la moustiquaire. Une silhouette sombre se dressait dans l'embrasure, la faisant sursauter avec une exclamation étranglée, sa main bondissant sur sa poitrine. L'instant d'après, la silhouette se retourna face à elle et Écho exhala une immense bouffée d'air.

« Antoine ! Tu m'as fichu la frousse ! » Écho réprimanda-t-elle son cousin. Grand, le teint clair et séduisant, Antoine était un exemple parfait de ce à quoi ressemblaient tous les hommes de la famille de Tee-Elle. Le neveu au second degré de Tee-Elle, Antoine, ne passait pas beaucoup de temps chez elle d'ordinaire, mais Écho était contente de le voir.

Il resta planté sur le perron et la regarda fixement pendant un long moment, si bien qu'Écho commença à se demander si Antoine ne s'était pas remis à fumer de l'herbe. Le large sourire qu'il arborait d'ordinaire ainsi que ses manières affables avaient disparus, remplacés par quelque chose qui ne plaisait pas beaucoup à Écho.

« Tu comptes entrer, oui ou non ? demanda Écho en lui lançant un coup d'œil sceptique.

– Entrer, lui répéta-t-il. Ouais, ouais. »

Il ouvrit violemment la porte-moustiquaire et se traîna à l'intérieur en boitant, un mouvement qui parut si inhabituel à Écho qu'elle recula de deux pas. Était-il arrivé quelque chose à Antoine depuis la dernière fois qu'elle l'avait vu, une sorte de terrible accident ? De toute évidence, il n'était pas du tout dans son assiette.

« Antoine, est-ce que tout va bien ? demanda-t-elle, son cœur commençant désormais à vraiment s'affoler.–

– Ouais, ouais, » dit-il. Ses yeux d'un brun de chocolat brillaient d'une lueur fébrile tandis qu'il approchait, et Écho commençait à sentir que quelque chose n'allait vraiment pas.

« Tee-Elle ? appela Écho par-dessus son épaule. Tee, tu peux venir ? »

Antoine se figea et son visage se tordit en une expression de fureur caricaturale.

« Pas de Tee-Elle, siffla Antoine, dont les paroles désarticulées avaient une étrange sonorité. Tu vas le regretter, sorcière.

– Bon sang, qu'est-ce qui te prend, Antoine ? » dit Écho, dont la terreur grandissait à chaque seconde qui passait.

Antoine se retourna et rouvrit la porte-moustiquaire. Sa bouche s'ouvrit en un cri silencieux, mais aucun son n'en sortit. À la place, un flot de brume d'un rouge sombre se déversa de sa bouche en serpentant et se dispersa dans l'air. Écho poussa un cri étranglé en regardant la brume rouge désactiver les sorts de protection de la maison, en suivant les contours complexes de chaque charme et de chaque sortilège. La brume rouge brûlait les sorts, créant des étincelles et de la fumée tandis qu'elle détruisait toute l'œuvre de Tee-Elle.

« Oh, merde, dit Écho en se retournant pour filer vers la cuisine. Tee-Elle ! »

Lorsqu'elle arriva dans la cuisine, il était trop tard. Un homme en costume à l'allure familière traînait le corps inconscient de Tee-Elle par la porte de derrière. Écho poussa un hurlement en réalisant qu'elle avait conduit ses assaillants tout droit jusqu'à sa propre famille. Elle s'élança à la poursuite de Tee-Elle, en espérant qu'elle ne venait pas de signer leurs arrêts de mort.

CHAPITRE 7

RHYS

« Là. C'est celle-ci, » dit Gabriel en désignant du doigt une minuscule maison bleue plus loin dans le pâté de maison.

Rhys s'était déjà focalisé sur la maison, une tâche simple étant donné qu'il devait y avoir environ une dizaine de types en costume sombre qui livraient bataille avec plusieurs sorcières et mages du coin sur le perron et la pelouse devant la maison.

« Compris, » dit Rhys en s'efforçant d'ignorer la peur qui s'accumulait dans son ventre. Rhys n'était pas habitué à ressentir de la véritable peur et le goût sur sa langue était aussi amer que de la bile.

« On dirait qu'on est en retard pour la fête. »

Gabriel leva les yeux du miroir de vision et battit des paupières, essayant de focaliser son regard sur le présent. Rhys le laissa se reconcentrer et fila vers la bataille chaotique, Aeric sur ses talons.

« Je ne la vois pas, » marmonna Rhys à Aeric, en sachant que l'ouïe fine de l'autre gardien saisirait ses paroles discrètes.

« La voilà, » dit Aeric en désignant d'un bref signe de tête la porte d'entrée de la maison.

Écho jaillit de la maison, pour être aussitôt saisie par un inconnu blond et à la beauté diabolique. L'homme la prit par le bras et l'attira contre lui. Le glapissement de terreur d'Écho lui donna l'impression d'avoir reçu un coup de pied dans le ventre.

En s'approchant, le pouls de Rhys s'accéléra pour une toute autre raison. L'homme qui tenait fermement Écho était effectivement d'une beauté inhumaine et sa peau avait une teinte légèrement rosée.

« Merde, c'est un incube, » dit Rhys.

Rhys et Aeric affrontaient tous deux des hommes de main en costumes dans le jardin de devant et Rhys se battait tout en gardant un œil sur Écho. Les Gardiens essayaient toujours de ne pas faire de morts, mais si Écho était blessée de quelque manière que ce fût, Rhys n'hésiterait pas à expédier autant d'imbéciles qu'il le faudrait pour l'atteindre.

Rhys assomma un assaillant et engagea le combat avec un autre, grimaçant lorsque l'incube attira Écho à lui et lui donna un long et profond baiser. Le sang de Rhys se mit à bouillonner et il mit deux adversaires hors-jeu dans sa lutte pour atteindre le perron. Plus il s'approchait de sa partenaire, plus les assaillants qui se matérialisaient de nulle part semblaient nombreux, jaillissant de trous de ver pour tenir Rhys et Aeric à l'écart. Du coin de l'œil, Rhys vit Gabriel rejoindre la mêlée.

Là-haut, sur le perron, le corps d'Écho s'alanguissait tandis que le sortilège de séduction de l'incube prenait le contrôle sur elle. L'incube se mit à briller, la peau de plus en plus rose tandis qu'il puisait dans les réserves d'énergies d'Écho. Le baiser était de plus en plus intense et Rhys sentait son ours se frayer un chemin à coup de griffes vers la surface.

La transformation commença sans intention de la part de Rhys, essentiellement due au fait qu'il était trop distrait pour la contrôler. Quelques instants plus tard, il était un grizzly haut de plus de trois mètres, qui agitait ses pattes pour balayer les quelques assaillants suffisamment stupides pour ne pas avoir pris la fuite à sa vue.

Tandis que Rhys balayait un dernier assaillant d'un coup de

patte, il vit que la situation avait changé sur le perron. Écho s'était entièrement raidie et elle semblait avoir renversé les rôles face à l'incube, car, d'une manière ou d'une autre, c'était *elle* qui aspirait son énergie. Rhys n'avait jamais rien vu de tel, surtout lorsque Écho s'écarta complètement de l'homme et tendit sa main en avant, bannissant l'incube dans un éclair aveuglant de lumière et de fumée.

Rhys se laissa tomber à quatre pattes et entreprit de se déplacer vers elle, puis trébucha. Il sentit un élancement de douleur dans son flanc et, en regardant par-dessus son épaule, vit que l'un des gars de Père Mal l'avait frappé d'un coup de poignard. Le bras de l'homme bougea, dans l'intention de le frapper à nouveau. Rhys poussa un rugissement et balaya le poignard de la main de son assaillant, lui asséna un coup de griffes puis l'assomma pour faire bonne mesure. Un instant plus tard, Rhys battit des paupières, pris de vertige. Ses pattes arrière cédèrent sous lui et il parut ne pas pouvoir les récupérer.

« Rhys ? »

Rhys tourna son énorme tête et trouva Écho debout à moins d'un mètre de lui, les yeux rivés sur sa plaie. Il poussa un grognement, bien qu'il ne sût pas exactement ce qu'il essayait de lui dire.

« Ce n'est pas toi, si ? » lui demanda Écho.

Rhys hocha la tête. Écho le prit de court en s'avançant droit vers lui et en posant une main sur son épaule pour essayer de le rassurer. Soit leur lien était très fort, soit le courage d'Écho frôlait la folie.

« Tu es blessé, dit-elle en s'accroupissant pour examiner son flanc.

– Merde, dit Gabriel en rejoignant Écho. Je me suis épuisé en consultant le miroir. Je ne peux pas le guérir. Il faut qu'on le ramène à la maison. »

Rhys regarda la cour autour de lui, surpris de voir que plus aucun de leurs adversaires ne s'y trouvait.

« On ne peut pas le déplacer, dit Aeric en approchant. Il faut d'abord panser la plaie.

– Les gars... dit Écho.

– Il faut qu'on le transporte maintenant, avant qu'il n'arrive d'autres gars de Père Mal, protesta Gabriel.

– Non. Ça pourrait le tuer, bougonna Aeric.

– Les gars... » dit Écho.

Aeric et Gabriel continuèrent de se disputer, mais Écho se détourna d'eux et positionna ses deux mains au-dessus de la blessure de Rhys.

« Je suis désolée pour ça, murmura-t-elle en regardant Rhys dans les yeux. Ça risque de faire mal. »

Rhys se contenta de hocher à nouveau la tête. Il lui faisait implicitement confiance, ce qui était une première pour lui. Il ne se souciait pas trop des effets du lien entre partenaires à cet instant, il pourrait se focaliser sur ce point plus tard.

Écho se mordit la lèvre et ferma les yeux pour se concentrer. Une douce lueur blanche émana de ses mains écartées, brillant de plus en plus fort jusqu'à toucher sa fourrure. À la seconde où la lumière atteignit sa peau, Rhys poussa un cri de surprise et de douleur. Cette lumière lui faisait l'effet d'un millier d'éclats de verres qu'on enfonçait dans sa chair, la poussant et la tirant à la fois, en tranchant jusqu'à l'os.

À travers la douleur, une seconde sensation émergea. La sensation de sa chair qui se rapprochait et se ressoudait était au premier plan, mais il sentait également une présence secondaire à lui, semblable à celle qu'il avait ressenti la première fois qu'il avait été uni à son ours intérieur.

Rhys retourna cette sensation dans son esprit, la sondant et l'examinant pendant un long moment avant de réaliser que cette sensation, c'était Écho elle-même ; en le guérissant, elle s'était d'une manière ou une autre unie à lui à un niveau d'une profondeur et d'une subtilité troublantes. Même les yeux fermés, il pouvait sentir chacun de ses mouvements. En explorant sa présence de son esprit, il eut de brèves visions d'Écho en d'autres lieux ; Écho adolescente, serrant dans ses bras une petite sorcière au teint sombre, le cœur débordant d'amour familial ; une version très jeune d'Écho, encore écolière, déposant des fleurs sur une tombe, ses yeux lilas brillants de larmes rivés sur la statue d'ange gardien qui ornait la tombe ; Écho seulement quelques heures plus tôt, le cœur martelant dans sa poitrine tandis qu'elle voyait Rhys pour la première fois et sentait une étrange force l'attirer à lui.

La lumière qui émanait des mains d'Écho devint plus forte et Rhys fut trop distrait pour réprimer un glapissement de douleur tandis que les pouvoirs de guérison d'Écho se concentraient sur la pire partie de sa blessure. Ce contact intérieur plus profond avec elle fut rompu et Rhys se demanda si elle avait seulement remarqué son intrusion.

Écho vacilla et lui lança un regard d'excuse, puis recommença. Rhys poussa un grognement mais garda le gros de sa souffrance pour lui, de peur que Gabriel ou Aeric ne s'en mêlent. Ils ne pouvaient pas savoir qu'Écho était tout à coup devenue le centre de son univers, qu'il lui avait aussitôt fait davantage confiance qu'à eux, bien qu'il ne la connût que depuis quelques heures.

C'était complètement fou, il fallait le reconnaître. Mais il ne pouvait ni ne comptait chercher un sens à cette folie maintenant, pas alors qu'Écho lui faisait quelque chose de si douloureux qu'il en perdait l'esprit.

Il s'efforça de rester immobile et silencieux et une longe minute plus tard Écho eut terminé.

Rhys essaya de bouger un peu, en grimaçant sous l'effet de l'intense douleur qui persistait, mais il sentait bien qu'il était guéri pour l'essentiel. Il tourna son esprit vers l'intérieur et s'efforça de retrouver sa forme originelle, en se concentrant pour s'assurer que sa forme humaine soit intacte et porte ses vêtements et ses armes. Lorsqu'on se métamorphosait distraitement, on se retrouvait souvent cul-nu et honteux et là, Rhys n'était vraiment pas d'humeur à ça. Il était trop diablement épuisé.

Gabriel s'approcha pour s'enquérir d'Écho et l'aida à se relever tandis qu'Aeric faisait de même pour Rhys.

« Là ! »

Toutes les têtes se tournèrent vivement vers la rue, où cinq autres hommes d'arme en costume noir couraient dans leur direction. Aeric et Gabriel voulurent pousser Rhys et Écho en arrière, mais Écho gronda et écarta Gabriel.

« Non ! Ça suffit ! » dit Écho en rejetant sa crinière blonde en arrière. Ses mains jaillirent vers l'avant et sa tête bascula brusquement en arrière tandis qu'elle lançait une énorme onde de pouvoir. Orange cette fois, au lieu du pouvoir de guérison blanc qu'elle avait utilisé sur Rhys.

Chacun des hommes qui approchait chancela et tomba par terre, aussi immobile qu'une pierre.

« Qu'est-ce que… » commença Rhys, mais il fut interrompu lorsque les yeux d'Écho se révulsèrent. Elle s'effondra tout simplement, comme une marionnette dont on aurait coupé les fils, chaque centimètre de son corps inerte et sans vie. Rhys dut se jeter dans sa direction simplement pour empêcher sa tête de heurter le sol et atterrit pêle-mêle sur elle.

Rhys leva les yeux vers Gabriel et Aeric, qui regardaient fixement tous les corps sur le sol. Une Toyota rouge cabossée tourna au coin du pâté de maison et s'arrêta à la vue de cinq corps inconscients. Comme de coutume à la Nouvelle-Orléans, la voiture se contenta de faire marche arrière et s'éloigna sans un mot.

Aeric et Gabriel échangèrent un regard et soupirèrent, puis entreprirent de traîner les corps de la rue jusqu'à la cour en face de l'endroit où Rhys et Écho étaient étendus. Une fois qu'ils eurent fait le ménage, Aeric revint se tenir au-dessus de Rhys.

« Je vais faire le tour de la maison, pour m'assurer qu'il n'y a ni blessés ni victimes collatérales, dit Gabriel en se dirigeant vers le bungalow.

– Il va falloir que je t'aide avec ta bonne femme, » lui dit Aeric avec un regard d'avertissement au cas où Rhys fût tenté de s'opposer.

Rhys hocha la tête en signe d'assentiment et Aeric ramassa Écho et la jeta par-dessus son épaule comme un sac de patates. Elle ne tressaillit même pas, ce qui ne fit qu'augmenter de plusieurs crans l'angoisse de Rhys.

« Fais gaffe à ce que tu fais avec elle, » gronda-t-il à l'adresse d'Aeric, qui se contenta de dévisager Rhys d'un regard dénué d'expression et de hisser Écho plus haut sur son épaule.

« Bien, dit Gabriel en revenant. La maison est vide. Ceci dit, il y a des photos de ta nana sur le réfrigérateur, Rhys. Elle a dû filer droit jusqu'ici. »

Rhys hocha la tête, en se demandant pourquoi la maison était si vide. Si Écho avait rendu visite à quelque ami ou membre de sa famille, où était à présent la ou le propriétaire de la maison ?

Gabriel alla rapprocher le 4x4 et aida Rhys à se lever. Rhys monta le premier et accepta la silhouette inconsciente d'Écho que lui tendait Aeric, la serrant contre lui sur ses genoux tandis qu'ils rentraient une fois de plus au manoir. Chaque fibre de son être était ravie de cette occasion de la toucher, bien qu'il fût également inquiet de son état.

Il vérifia son pouls pendant le trajet de retour et le trouva normal. De là, Rhys déduisit qu'elle s'était probablement infligé un cas sévère d'épuisement magique, ce qui se produisait lorsqu'une sorcière dépensait de très grandes quantités de magie de sa source intérieure. L'énergie magique découlait en général d'une source naturelle de puissance, peut-être un objet mystique telle qu'une pierre de pouvoir enterrée dans le jardin à l'arrière du manoir. On pouvait également l'acquérir en maîtrisant l'énergie de certains phénomènes naturels comme des chutes d'eau ou de sources plus sombres, comme un rituel de sacrifice. Une offrande de sang, ou pire. Écho avait dû utiliser une quantité d'énergie accumulée depuis longtemps et s'était complètement vidée, car elle ne bougea pas un muscle sur tout le trajet de retour au manoir. Gabriel proposa à Rhys de porter Écho à l'étage, mais Rhys déclina son offre. Il venait tout juste de la trouver et il avait déjà failli la perdre une fois. Rhys avait besoin de la toucher, de la garder auprès de lui et il ne voulait partager ce privilège avec personne d'autre.

Ni ce soir, ni jamais, si c'était en son pouvoir.

Écho finit par remuer tandis que Rhys lui retirait ses chaussures et la glissait dans son propre lit. Elle entrouvrit à peine les yeux et les plissa en regardant Rhys.

« Tu... vas bien... dit-elle d'une voix mal articulée. Pas blessé... »

Rhys s'assit sur le lit à côté d'elle avec un soupir et glissa une longue mèche de cheveux blonds derrière son oreille. L'ours en lui luttait pour atteindre la surface, désireux de la toucher, de la goûter, de s'emparer d'elle.

L'ours en lui était un connard qui ne comprenait rien à la notion de contexte et il resterait sur sa faim ce soir.

« Je ne suis pas blessé, grâce à toi, dit Rhys en baissant les yeux vers Écho.

– Tant mieux. »

Ses yeux commençaient à se fermer et Rhys se dit qu'elle allait se rendormir. Elle le surprit en s'efforçant de se redresser et en ouvrant plus grand les yeux.

« Tee-Elle, dit-elle d'une voix soudain tendue par l'inquiétude. Où est Tee-Elle ? »

Rhys s'interrompit, ne sachant pas trop quoi répondre.

« Je ne sais pas qui c'est, ça, ma belle.

– On était chez elle, » dit Écho. Rhys voyait bien ce que l'effort de parler distinctement lui coûtait et il cala son dos contre les oreillers avec douceur.

« Détends-toi. C'est ton amie ? demanda-t-il.

– Ma tante, » dit Écho dans un faible gémissement. Sa lèvre inférieure trembla et ses grands yeux améthyste s'emplirent de larmes.

« D'accord. Tout va bien. Je vais aller chercher Gabriel et Aeric et ils vont retrouver ta tante. Ne t'en fais pas, ma belle. »

Écho l'examina longuement, puis acquiesça d'un hochement de tête. Une partie de Rhys était ravie qu'elle lui fasse confiance pour ça, de s'occuper de certaines choses lorsqu'elle ne le pouvait pas. Il effleura sa joue de son pouce et s'écarta avant d'avoir pu explorer plus avant sa chaleur et sa douceur.

Après avoir mis Aeric au courant de la situation, Rhys retira ses bottes et son pantalon de combat et se mit au lit à côté d'Écho. Il ne put s'empêcher de l'attirer contre lui et d'inhaler son doux parfum lumineux tandis que ses paupières devenaient trop lourdes pour qu'il gardât les yeux ouverts.

Rhys s'assoupit et tomba dans un sommeil profond, obscur et sans rêve.

CHAPITRE 8

ÉCHO

éveille-toi, chérie... Réveille-toi...
Réveille-toi, Écho, chérie...

Écho flotta vers la surface de la conscience depuis les profondeurs d'un rêve charmant. Un rêve dans lequel elle avait embrassé un inconnu sombre et séduisant, qui avait fait jaillir des picotements de plaisir et d'excitation dans tout son corps. Un rêve auquel elle n'était pas vraiment ravie de mettre fin, merci bien.

Elle fronça les sourcils, n'étant pas tout à fait prête à ouvrir les yeux et à faire face au monde. De quel droit Rhys la réveillait-il après qu'elle se fût épuisée en le protégeant ?

Et puis, de quel droit l'appelait-il chérie ?

Lorsque Écho finit par ouvrir lentement les yeux, elle trouva la chambre plongée dans l'obscurité. Il lui fallut quelques secondes pour réaliser qu'elle se trouvait dans la chambre de Rhys et Écho faillit avaler sa langue lorsqu'elle tourna la tête et le découvrit allongé à côté d'elle. Elle ne put s'empêcher de soulever le lourd édredon pour jeter un coup d'œil dessous ;

lorsqu'elle s'aperçut qu'il portait toujours un T-shirt et un caleçon, elle ne sût pas trop si elle devait se sentir soulagée ou déçue.

Tandis qu'elle laissait la couverture retomber sur leurs corps, Écho éprouva un élan de honte d'avoir reluqué Rhys pendant son sommeil. Même si elle n'avait pas vu grand-chose, elle ne doutait aucunement du fait que chaque centimètre du corps de Rhys fût impressionnant.

Elle se figea lorsque quelque chose bougea à la périphérie de son champ de vision, un clignotement spectral. Écho tourna très lentement la tête et faillit pousser un hurlement en voyant le seul fantôme auquel elle ne se serait jamais attendue. Flottant auprès du lit d'Écho, les sourcils froncés d'un air inquiet, se trouvait le spectre de Cadence Caballero, la mère d'Écho.

La bouche d'Écho s'ouvrit en un O stupéfait. Parmi les centaines, ou peut-être les milliers de fantômes qu'Écho avait rencontrés, certains une seule fois et d'autres encore et encore, sa mère n'avait jamais fait la moindre apparition. Écho avait eu beau le souhaiter ardemment lorsqu'elle était adolescente, elle n'avait jamais, même une seule fois, entendu ne fût-ce qu'un murmure de sa mère après son décès.

« Écho, murmura sa mère. Écho, chérie.

– Maman ? s'exclama Écho, tandis que sa main venait se plaquer sur sa bouche. C'est toi ? »

Cadence avait exactement la même apparence que dans le souvenir d'Écho, son épaisse chevelure blonde ramenée en arrière en une tresse indienne, le visage encadré de légères boucles. Bien que son visage fût d'une clarté limpide, le reste de son corps était flou et déformé, comme si Écho la voyait de très loin. Elle devait être loin, bien loin dans l'autre royaume et Écho supposa qu'elle devait exercer un effort considérable pour traverser le Voile.

« Écho, je ne... » Cadence vacilla un instant et Écho faillit pousser un cri avant que sa mère ne réapparaisse, son image plus nette cette fois.

« Maman, répéta Écho, ne sachant pas quoi dire d'autre. Chuuut. »

Écho se glissa hors du lit et fit signe à sa mère de la suivre hors de la chambre et à travers les appartements de Rhys. Une fois dans la chambre d'amis, Écho ferma la porte et se tourna face à sa mère.

« On peut, euh... discuter ici, j'imagine, » dit Écho. Elle aurait voulu avoir pu mieux se préparer à cette rencontre, mais elle avait renoncé depuis longtemps à entrer en contact avec sa mère.

Les autres fantômes, elle se contentait de les laisser parler. Leurs vies et leurs problèmes n'affectaient pas vraiment Écho, il n'y avait donc pas de mal à ce qu'elle se contente d'écouter en hochant la tête. Avec sa propre mère, en revanche... qu'était-on censé dire au fantôme de sa mère ?

« Je n'ai pas beaucoup de temps, dit Cadence en adressant à Écho un regard implorant. Il faut que tu m'écoutes. Tu es en danger, ma chérie.

– Je sais, Maman. On m'a attaquée deux fois aujourd'hui, dit Écho en s'efforçant d'ignorer le nœud d'émotion qui se formait dans sa poitrine.

« Tu dois être protégée à tout prix. Tu es la Première Lumière, ma chérie. »

Écho s'interrompit le temps d'un battement de cœur, perplexe.

« C'est quoi, la Première Lumière ? demanda-t-elle.

– Ta Tante Elle et moi avons recherché l'héritage du Baron Samedi pour nous amuser. Mais Tee-Elle et moi étions toutes les deux beaucoup trop puissantes. Nous en avons découvert plus que nous ne le devions, nous avons découvert les endroits sacrés où le Baron a dissimulé les secrets de la manière d'ouvrir le Voile. »

Écho fronça ne lez sans comprendre.

« Je ne comprends pas ce que ça signifie, Maman.

– Nous nous sommes retrouvées prise au piège dans quelque chose de trop grand et puissant pour nous. Nous avons communié avec le Baron Samedi lui-même et il était furieux que nous ayons découvert son secret. Il a à nouveau dissimulé les secrets du Voile, mais cette fois il les a cachés dans trois personnes plutôt que dans trois lieux sacrés. Les Trois Lumières, c'est le nom qu'il vous a donné. »

La bouche d'Écho s'ouvrit et se referma plusieurs fois tandis qu'elle luttait pour comprendre. Sa mère n'était pas là pour avertir sa fille du danger. Cadence était là pour dire à Écho qu'elle était elle-même une espèce de talisman Vaudou secret bien tordu et que le secret devait être protégé.

Écho éclata franchement de rire. Évidemment, sa mère n'allait pas se déplacer pour elle après tout ce temps.

« Je vois. Donc si je suis capturée, le Voile est en danger. Ce qui signifie que tu es en danger, d'une certaine manière, c'est ça ? Je me trompe ? » demanda Écho en plissant les yeux.

Les lèvres de sa mère tressaillirent et s'abaissèrent en une moue désapprobatrice.

« Ce n'est pas pour ça que je suis ici.

– Donc vous avez fait n'importe quoi avec des trucs que vous ne compreniez pas et désormais je suis en danger de mort parce que Père Mal sait que je peux…. faire quoi, au juste ? » demanda Écho.

Cadence parut mettre un instant à se reprendre avant de répondre.

« La Première Lumière conduit à la Seconde et à la Tierce. Avec les trois en main, un sorcier assez puissant pourrait ouvrir le Voile. Ce serait la fin des royaumes des hommes et des esprits tels que nous les connaissons, dit la mère d'Écho.

– Ça s'annonce mal pour toi, dit Écho, la bouche emplie d'amertume.

– Ça s'annonce mal pour toutes les âmes, Écho, vivantes ou mortes.

Écho réfléchit un moment. « Comment est-ce que tu l'as su ? » demanda-t-elle.

Cadence prit une expression agacée.

« Il y a un réseau d'information de ce côté, comme du tien. Quand tu as ouvert tes pouvoirs à pleine puissance aujourd'hui, ça a généré une onde. Il y a de nombreuses créatures de mon côté qui gardent l'oreille collée au mur, pour ainsi dire, en attendant que quelqu'un comme toi se fasse connaître. Je mobilise beaucoup de ressources pour garder un œil sur toi, Écho. Tu as vraiment de la chance que je sois venue te voir avant que quelqu'un d'autre ne l'ait fait.

– Franchement, je ne sais pas comment tu as fait ne serait-ce que pour arriver ici. Les protections du manoir sont abondantes, » dit Écho.

Cadence se radoucit légèrement, comme emportée par un souvenir.

« Tu ne te rappelles pas. J'étais très puissante, Écho. Je le suis toujours, à ma manière. C'est de moi que tu tiens tes pouvoirs. »

Écho sauta sur l'occasion dès qu'elle l'aperçut.

« Et qu'est-ce que je tiens de mon père ? C'était qui, Maman ? »

Cadence secoua la tête.

« Tu n'es pas censée le savoir, ma chérie. Il n'est personne, c'est sans importance. Tu ne le connaîtras jamais, Écho. »

Écho se mit en colère. « Alors c'est tout ? Tu as fait tout ce chemin pour me dire que tu es puissante, que je suis une espèce de clé du royaume des esprits et que je devrais juste un peu... quoi ? Faire attention ? C'est tout ce que tu as à me dire ?

– Non. Il y a autre chose, dit Cadence. J'ai vu l'homme avec lequel tu partageais ton lit. Tu dois être prudente, Écho. Si tu donnes ton cœur, tu donnes ton pouvoir. C'est exactement comme ça que je suis morte, en essayant de sauver ton imbécile de père. »

Écho se raidit, ne connaissant qu'une petite partie de l'histoire. « Raconte-moi, murmura-t-elle.

– Ton père a essayé de s'opposer au Baron, d'extraire la Lumière de toi. Tu as failli mourir et il a été aspiré par les Portes de Guinée, raconta Cadence, dont le souvenir de sa colère durcissait la voix. Je l'ai suivi, pensant être suffisamment puissante pour le sauver, que notre amour était une ancre suffisamment solide. Ton père est la raison pour laquelle je ne t'ai pas bercée chaque soir pour t'endormir, Écho. C'est lui qui nous a séparées. »

Écho eut un mouvement de recul, surprise par la fureur de sa mère. Sans lui laisser le temps de répondre, Cadence poursuivit son invective.

« Écho, si les forces obscures s'emparent de toi, elles trouveront les deux autres Lumières. S'ils t'ont en leur possession, toi et Tee-Elle serez perdues pour moi. Le monde sera détruit. Tu dois… »

La bouche de Cadence continua de bouger un moment, mais aucun son n'en sorti. Cadence vacilla et se détourna, comme si elle regardait par-dessus son épaule. Elle reporta un instant son regard sur Écho et son expression devint triste. Elle souffla un baiser à Écho tandis qu'elle se dispersait en une brume et disparaissait de la vue d'Écho.

Écho s'assit sur le lit, en s'efforçant de faire le tri dans ce qu'elle venait d'apprendre. Sans même parler de ses sentiments envers sa mère, rien de tout ça n'avait le moindre sens. Il lui fallait des réponses ; il fallait qu'elle trouve Tee-Elle.

Écho se mit sous les couvertures du lit de la chambre d'amis et s'efforça de trouver du réconfort dans le sommeil. Elle était toujours épuisée après la journée de la veille. Son corps voulait dormir, mais son esprit était agité. Après s'être tournée et retournée dans tous les sens, Écho quitta le lit de la chambre d'amis, retourna discrètement dans la chambre de Rhys et se glissa à nouveau près de lui.

Il réagit à sa présence dans son sommeil, passant un bras autour de sa taille et en l'attirant contre lui. Écho laissa sa chaleur et son odeur puissante, typiquement mâle, la bercer jusqu'à ce qu'elle eût retrouvé le sommeil.

CHAPITRE 9

ÉCHO

*E*cho n'avait jamais été aussi tendue de toute sa vie et c'était essentiellement dû à la présence de Rhys dans sa vie et dans son lit la nuit.

Voilà trois jours que les Gardiens avaient participé à ses deux périlleux sauvetages et elle en avait appris bien davantage au sujet de tous. Par exemple, Rhys était en quelque sorte leur meneur par la force des choses, car apparemment aucun des deux autres n'était suffisamment stable. D'après Rhys, Gabriel était sujet à des périodes de dépression et de recherche magique obsessionnelle pendant lesquels il pouvait disparaître plusieurs jours durant. Aeric, avait dit Rhys à Écho, était seulement paranoïaque, d'humeur changeante et dépourvu de tact à l'extrême, en plus d'être archinul en termes de relations humaines. Surtout avec les inconnus.

Écho avait également appris que les trois hommes ménageaient leurs propres horaires mais suivaient en général un emploi du temps collectif centré sur des patrouilles dans plusieurs quartiers Kith sensibles où il risquait d'y avoir du grabuge. Chacun travaillait un soir sur trois et patrouillait dans le Quartier Français, trois des cimetières les plus sacrés, Congo Square et quelques autres lieux de pouvoir connus.

Les deux hommes qui ne patrouillaient pas, quelque soir que ce fût, étaient chargés de répondre à tout incident lié aux Kith ou aux appels de détresse, ce qu'Écho assimilait à un travail d'opérateur du service des urgences paranormales. Ils interrompaient les querelles, enquêtaient sur les crimes majeurs et renvoyaient les démons et les Kith qui s'attaquaient aux autres.

Écho fut surprise de découvrir que Rhys suivait un emploi du temps quotidien très strict et discipliné. Il se levait tôt pour faire du sport et s'entraîner au combat avec Gabriel ou Aeric. Écho les vit à peine au cours des deux jours qui suivirent, étant donné que les actes de Père Mal avaient causé une onde de choc dans toute la ville, faisant surgir de petits pics de détresse à travers la Nouvelle-Orléans. Les Gardiens étaient occupés à répondre à des appels la plupart du temps, laissant Écho explorer le manoir et poser à Duverjay toutes sortes de questions les concernant.

Elle s'était réveillée seule dans le lit de Rhys lors de sa première journée complète au Manoir et avait découvert que Duverjay avait empli le placard de la chambre d'amis de toutes sortes de vêtements, chaussures et autres articles à sa taille. Ce soir-là, elle avait essayé de dormir dans le lit de la chambre d'amis, mais en se réveillant à quatre heures du matin elle avait trouvé Rhys recroquevillé autour d'elle, qui ronflait doucement. Puisqu'ils ne gagnaient apparemment rien à dormir dans des chambres séparées, Écho dormait donc dans le lit de Rhys, mais ils n'avaient pas encore eu le temps de parler de... eh bien, de quoi que ce fût.

Le troisième jour, Écho avait désespérément besoin d'avoir une conversation avec Rhys. Franchement, il commençait à l'obséder carrément, mais elle ne comprenait pas vraiment ce que toutes ses... pulsions... signifiaient. Est-ce qu'il ressentait la même chose ? Était-ce seulement le destin ou était-ce un de ces trucs dingues d'ours métamorphe ? Et Tee-Elle – les Gardiens avaient-ils avancé dans sa recherche ? Duverjay était taciturne et ne l'aidait en rien sur ce sujet. Écho savait donc qu'il fallait qu'elle mette le grappin sur Rhys et lui pose quelques questions.

Après une longue douche merveilleusement chaude destinée à chasser un peu de la gêne qu'elle éprouvait du fait de partager son lit avec un parfait inconnu, Écho enfila un T-shirt de coton blanc et doux et un jean. Elle descendit au rez-de-chaussée en quête de petit-déjeuner, mue par le souvenir de la délicieuse omelette à la française que Duverjay lui avait préparée la veille. Trouvant le rez-de-chaussée désert, elle s'aventura dans le gymnase.

Rien n'aurait pu préparer Écho à la vue des trois Gardiens torses nus, transpirant abondamment tandis qu'ils s'élançaient les uns sur les autres avec des épées d'entraînement en bois. Elle les observa pendant quelques minutes, amusée par leurs provocations et leurs plaisanteries minables, avant que Rhys ne remarque sa présence.

Il cessa de se concentrer sur l'escrime et Gabriel mit aussitôt Rhys à terre et l'y maintint avec un cri triomphant.

« Je t'ai enfin eu, espèce de salaud, » s'exclama joyeusement Gabriel, jetant son épée de côté pour aider Rhys à se relever.

« C'est Écho qui l'a distrait, fit remarquer Aeric avec un signe de tête pour attirer l'attention de Gabriel sur leur public. Ça ne compte pas vraiment. »

Écho rougit et s'avança vers eux, des excuses sur le bout de la langue. Elle fit de son mieux, mais ne put s'empêcher de dévorer du regard les abdos parfaitement sculptés de Rhys, ses épaules et ses pectoraux robustes, ainsi que les muscles fermes de ses bras et de son dos.

« Peu importe. Si ç'avait été réel, il aurait été tout aussi foutu. C'est lui qui m'a appris ça, dit Gabriel en haussant les épaules.

– Pas faux, dit Aeric.

– Allez vous faire foutre, tous les deux, dit Rhys en s'essuyant le front et en se tournant vers Écho. Et salut, toi. »

Écho lui sourit doucement, parvenant enfin à arracher son regard de son corps parfait.

« Désolée de t'avoir fait perdre, dit-elle, amusée. Je me disais que tu pourrais peut-être faire une pause pour prendre le petit-déjeuner avec moi.

– Bien sûr. J'en ai terminé pour ce matin de toute façon, » dit Rhys, bien qu'Écho sût parfaitement qu'il restait d'ordinaire au gymnase au moins la moitié de la journée, à s'entraîner au combat ou au tir sur cible avec diverses armes. Écho était épatée par une telle résistance ; elle se sentait lessivée après une seule heure de yoga, bon sang.

Écho ignora le regard complice qui passa de Gabriel à Aeric entendant son invitation à passer du temps ensemble. Rhys les foudroya tous les deux du regard puis se tourna à nouveau vers elle.

« J'ai quelques nouvelles pour toi aussi, dit Rhys en ramassant son T-shirt posé à l'autre bout du tapis d'entraînement. Je prends une douche et je te retrouve dans ma bibliothèque, d'accord ? Je peux demander à Duverjay de nous monter quelque chose à manger. »

Écho hocha la tête, de nouveau distraite. Elle était un petit peu triste de le voir remettre son T-shirt et recouvrir la gloire luisante de sueur de son torse. Il la surprit en train de le regarder et haussa un sourcil amusé, la faisant rougir comme une tomate. Heureusement, il ne dit rien.

Enfin, bon, Écho l'avait surpris en train de reluquer son cul la veille. Bien qu'Écho ne se considérât pas comme la nana la plus canon au monde, étant donné qu'elle avait des courbes à revendre, il était évident que Rhys la trouvait fort à son goût.

Ce n'était qu'une chose de plus dont il fallait qu'ils parlent. Et il faudrait qu'ils en parlent bientôt, parce que leurs lèvres avaient failli se joindre deux fois de plus depuis le retour d'Écho au manoir. Elle avait envie d'explorer l'alchimie entre eux, plus qu'elle n'avait jamais voulu essayer avec quelque mec que ce fût, mais il fallait qu'elle sache…

Quelque chose. Elle ne savait pas vraiment quoi, ce qui était encore plus frustrant.

Rhys la conduisit dans la maison principale puis à l'étage, la laissant dans son salon tandis qu'il allait prendre une douche.

Écho parcourut certains des papiers sur la table de sa bibliothèque, surprise de constater qu'il possédait un certain nombre de livres et de parchemins faisant référence aux Trois Lumières.

Apparemment, Rhys prenait sa situation bien plus au sérieux qu'elle ne l'avait cru. Elle parcourut ce qu'il avait sur la table, et fut rapidement captivée par ce qu'elle y trouva.

« Tu trouves quelque chose d'intéressant ? »

Écho se retourna en entendant retentir le fort accent de Rhys, recouvrant ses bras de chair de poule. En se retournant, elle le trouva dans l'embrasure de la porte, encore moins vêtu que dans le gymnase.

Il était pratiquement nu, une épaisse serviette bleu marine enroulée autour de ses hanches, sa beau bronzée et ses cheveux châtains encore humide. Il avait taillé sa barbe très court mais sa couleur rousse était encore visible. Ses yeux étincelaient de malice, et Écho s'aperçut qu'il savait exactement quel effet il lui faisait.

« D'où vient ça ? » lâcha Écho à brûle-pourpoint, son regard descendant vers son torse, puis ses abdos, puis la manière dont la serviette moulait son… *bassin*…

Sans même s'en rendre compte, elle avait abandonné ses recherches et s'était approchée de Rhys, s'imprégnant de la perfection de son corps musclée.

« D'où vient quoi, ma belle ? » demanda-t-il en haussant un sourcil comme il faisait, avait compris à présent Écho, le sourcil et le surnom, quand il voulait la provoquer.

Elle se lécha les lèvres tandis qu'elle travaillait sa réponse.

« Ce… cette attirance entre nous, dit-elle en rougissant. Je n'ai jamais ressenti ça avec personne et on n'a même pas… fait quoi que ce soit. »

Le sourire de Rhys devint malicieux en entendant son euphémisme.

« On n'a pas baisé, tu veux dire ? demanda-t-il.

– Oui, » dit Écho en sentant la rougeur s'étendre à son cou et à sa poitrine. Ce mot sur ses lèvres, avec cet accent, c'était tout simplement injuste.

« Garde ton idée au chaud, » dit Rhys en reculant.

Écho poussa un grognement et se laissa tomber sur l'un des canapés, frustrée à l'extrême. Rhys réapparut en moins d'une minute, vêtu d'un T-shirt blanc moulant et d'un jean qui lui allait comme un gant.

« Je ne crois pas qu'il soit correct de parler de ça sans rien porter d'autre qu'une serviette, » reconnut-il en haussant les épaules. Il s'assit à côté d'elle, presque assez près pour qu'ils se touchent.

« Donc il y a bien quelque chose dont il faut parler, supposa Écho en scrutant son visage.

– Ouaip. Je pensais que tu le savais peut-être, mais ce n'est peut-être pas pareil pour les sorcières. »

Écho secoua la tête.

« Je n'ai jamais entendu parler de... ça. Quoi que ce soit, » dit-elle.

Rhys prit une minute pour répondre et tendit deux doigts pour les passer le long de son épaule et de son bras, la faisant frissonner.

« Le destin nous a promis l'un à l'autre, Écho. » Écho leva brusquement les yeux vers les siens.

« Pardon ? demanda-t-elle.

– Le destin. Je veux dire, c'est censé arriver, c'est écrit dans les étoiles.

– Je... je sais ce qu'est le destin. C'est le reste que je ne comprends pas, dit-elle, le front plissé.

– On est partenaires, ma belle. Il n'y a qu'une seule personne pour chaque métamorphe, tu vois, et pour moi, c'est toi. »

Écho prit une profonde inspiration, tout en réfléchissant à ses paroles.

« Alors il n'y a qu'une seule personne pour moi ? Parce que j'ai eu des petits copains, tu sais. »

Le regard de Rhys se durcit un instant, mais il secoua la tête.

« Ça ne fait rien si on a été avec d'autres personnes, l'un comme l'autre. On ne pouvait pas savoir qu'on était liés par le destin avant de poser les yeux l'un sur l'autre. C'est un peu comme... commença-t-il, mais sa phrase resta en suspens.

– Un coup de foudre ? dit Écho avec un regard sceptique.

– Oui. Tu vas voir, » dit-il. Il effleura sa clavicule de son pouce rendu calleux par ses entraînement à l'épée et Écho sentit ses mamelons durcir.

« Donc on est... attirés l'un par l'autre, dit Écho, s'efforçant de tout comprendre. Peut-être censés se lier l'un à l'autre.

Quoi d'autre ? »

Rhys était déterminé à caresser sa clavicule d'un mouvement lent et régulier.

« Tout. Il n'y aura jamais personne d'autre pour nous deux, ma belle. Une fois qu'on aura consommé le lien et que je t'aurai marquée…

– Marquée ? Tu veux dire... avec tes dents ?

– Oui, dit Rhys, levant lentement les yeux pour clouer Écho sur place. J'ai entendu que c'était tout à fait agréable pour les deux partenaires. » Écho ne trouva pas de réponse adéquate à cela.

« Et ensuite, nous deux, ce sera pour toujours, » acheva Rhys.

À la grande surprise d'Écho, il ne profita pas de son incapacité momentanée de répondre pour se rapprocher. À la place, il recula et fit le tour de la table pour y saisir un rouleau de parchemin qui tombait en morceaux.

Il leva brièvement les yeux et fit une grimace d'excuse. « Je sais que ça fait beaucoup d'un coup. On n'est pas obligés d'aller vite, ma belle. »

La seule vibration que produisaient les mots *ma belle* mettait Écho dans tous ses états et pourtant elle fut incapable de dire le contraire à Rhys. Il était intimidant à ses yeux, si intelligent, si sexy et si sage. Écho était une fille du coin qui travaillait dans une boutique vaudou pourrie pour les touristes. Elle était incapable de contrôler sa propre magie et elle travaillait dur. L'idée qu'elle et Rhys eussent, d'une manière ou d'une autre, été assemblés en un couple cosmique était presque comique.

Non que son corps, ce traître, crût le fait de s'unir à Rhys impossible ; non, ses hormones bouillonnaient comme celle d'une gamine de seize ans à son premier bal du lycée. Une partie d'Écho soupçonnait Rhys de savoir exactement à quel point elle était excitée et de simplement choisir de ne pas en profiter ni même en parler.

Écho se contenta de secouer la tête. Fort heureusement, Rhys laissa tomber le sujet et se tourna vers le fruit de ses recherches sur les Trois Lumières. Elles étaient mentionnées çà et là, surtout au cours des vingt dernières années environ. Ce qui intéressait le plus Écho, c'étaient les trois mentions dans des textes beaucoup plus anciens, dont l'un avait été rédigé presque deux cents ans avant la naissance d'Écho.

Était-ce là une autre connerie de destin cosmique ? Pourquoi l'univers avait-il décidé de l'emmerder cette semaine ? Jusqu'à quelques jours plus tôt, elle n'avait jamais eu le moindre problème lié au monde des Kith. Aujourd'hui, elle était pourchassée par de prétendus artisans de la fin du monde et courtisée par un énorme ours-garou hyper-séduisant.

Qu'est-ce qui se passait ?

« Il y a une histoire derrière tout ça, soupira Écho une fois que Rhys lui eût dit le peu qu'il savait. C'est une histoire de famille, j'imagine. »

Les sourcils de Rhys se haussèrent d'un bond.

« Tu savais déjà que tu étais la Première Lumière ? demanda-t-il.

– Pas exactement, » dit Écho en saisissant un fauteuil pour s'y installer. Rhys était assis en face d'elle et Écho pouvait sentir son regard sur elle tandis qu'elle croisait ses doigts sur ses genoux en essayant de décider ce qu'elle devait ou non révéler.

« Allez, Écho, raconte-moi, dit Rhys d'un ton de réprimande.

– Eh bien… tu sais que je suis une sorcière. »

Rhys hocha la tête d'un air patient. Écho poursuivit : « Eh bien, je suis aussi médium. Je vois des esprits. »

Elle marqua une pause pour lui laisser le temps d'intégrer cette information, mais Rhys demeura imperturbable.

« Donc on t'a parlé des Trois Lumières à un moment donné, devina Rhys.

– Ça ne fait pas si longtemps que ça, en fait. Ma mère m'est apparue il y a quelques jours et elle m'a raconté quelques fragments de l'histoire. »

Écho lui résuma rapidement la conversation et Rhys parut perplexe.

« Pourquoi est-ce que tu n'as pas creusé davantage ? Ta mère t'en aurait sûrement dit plus si tu le lui avais demandé, dit-il.

– On n'a jamais... on n'avait pas de bons rapports quand elle était en vie. Et j'étais si jeune quand elle est morte, je n'avais que six ans. Je n'ai jamais vraiment pu la connaître, j'imagine, » expliqua Écho en haussant les épaules, sur la défensive.

Rhys tendit la main et prit ses doigts au piège sur la table, glissant les siens entre eux.

« Je suis désolé, ma belle. Je n'en savais rien. Alors ta mère ne t'a pas souvent rendu visite ? » demanda-t-il, la voix empreinte d'une sollicitude chaleureuse.

« Non. C'était la première... la *seule* fois, » dit Écho d'une voix hésitante.

Les yeux de Rhys s'étrécirent légèrement, mais il ne s'attarda pas sur le passé d'Écho.

« Est-ce que ta mère t'a dit autre chose ? demanda-t-il.

– Seulement que je m'étais dessiné une cible dans le dos. Tant que Père Mal n'aura pas eu ce qu'il veut, je suis un danger pour quiconque me dissimule. Et s'il me trouve, il se servira de moi pour trouver les deux autres femmes. Impossible de gagner, dit Écho, dont les épaules s'affaissèrent.

– Eh bien, » commença Rhys d'un ton prudent, Elle a raison sur un point. On ne peut pas laisser Père Mal t'attraper. Mais ça, c'est plus dans mon intérêt qu'autre chose. »

Sa douce plaisanterie arracha un demi-sourire à Écho et elle lui lança un coup d'œil reconnaissant.

« Dans ce cas, le dernier conseil de ma mère ne va pas te plaire. Elle m'a dit de rester loin de toi, que j'allais finir par me sacrifier pour toi. »

Le nuage noir qui passa sur le visage de Rhys n'échappa pas à Écho, mais il se contenta de serrer ses doigts entre les siens puis la lâcha.

« Tu t'es déjà servie d'un miroir de vision ? demanda Rhys pour changer de sujet.

– Quelques fois, avec Tee-Elle, dit Écho.

– Gabriel y travaille déjà, mais je crois que ça faciliterait les choses si tu la recherchais par la vision, vu que tu la connais si bien. Il n'a pas de souvenirs actifs à solliciter, ce qui peut grandement aider. »

Ils travaillèrent toute la matinée et une partie de l'après-midi, en s'arrêtant brièvement pour manger la collation que Duverjay leur avait montée. Écho essaya de voir par le miroir, mais on aurait dit que quel que fût l'endroit où sa tante était retenue, il était trop bien dissimulé.

Ils tentèrent à la place de rechercher Père Mal, en essayant d'apprendre où il pourrait conserver un atout important comme Tee-Elle. Pendant tout le temps qu'ils passèrent à travailler, Écho eut une conscience aiguë de chaque fois que sa peau effleurait celle de Rhys, chaque fois que leurs mains se touchaient, chaque fois que son regard la brûlait. À un moment, elle se surprit même à se lécher les lèvres tandis qu'elle examinait sa bouche.

« Tu ne crois pas ? insista Rhys en lui touchant l'épaule, ce qui la fit sursauter.

– Quoi ? » Écho leva les yeux en rougissant. Rhys semblait s'efforcer de ne pas sourire, une profonde fossette apparaissant brièvement sur sa joue tandis qu'il lui lançait un regard entendu.

« Sa demeure ancestrale à Algiers Point, répéta Rhys, ramenant son attention sur le plan de la ville étalé sur la table. Si les sources qu'on a vues sont correctes, il a probablement toujours une maison dans ce coin-là. Ou bien peut-être qu'il détient Tee-Elle dans un de ces entrepôts hors de la ville, près de Gentilly. Tu connais la Nouvelle Orléans mieux que moi, qu'est-ce que tu en penses ?

– Oh. Euh, d'accord, dit Écho. Algiers Point, c'est un quartier plutôt chouette. Je vois mal comment on pourrait ne pas remarquer une maison où Père Mal garde des otages. Gentilly, c'est plus plausible, dans certains coins il y a moins de flics et plus de bâtiments abandonnés.

> – Je vais le dire à Aeric et Gabriel. On pourra concentrer nos recherches tout en établissant un plan d'attaque, » dit Rhys.

Une heure plus tard, Écho et Rhys étaient épuisés pour la journée.

« Si je regarde encore une ligne minuscule de texte en latin, je vais me mettre à loucher, » dit Rhys en mettant de côté le livre poussiéreux qu'il était en train d'étudier.

Écho laissa tomber un rouleau de parchemin avec un hochement de tête.

« Pareil pour moi. Et je commence à avoir faim, en plus.

– D'habitude, je prends mes repas avec Aeric et Gabriel, mais je crois qu'ils vont tous les deux être de patrouille ce soir, dit Rhys, l'air pensif. Et si on se faisait monter quelque chose par Duverjay pour le dîner et qu'on... »

Il s'interrompit, manifestement incapable de terminer sa phrase. Écho comprit que Rhys cherchait le terme adéquat et n'en trouvait aucun. Bien que son discours fût parfait, parfois presque trop correct, elle sentait bien qu'il avait toujours du mal avec l'argot.

« Traîne ensemble ? suggéra-t-elle avec un sourire en coin. Oui, voilà, » dit Rhys en levant les yeux au ciel.

Rhys sortit son téléphone portable et envoya une série de textos, sans doute pour commander le dîner à Duverjay.

« On ne traîne pas, en Écosse ? demanda Écho lorsqu'il eut terminé.

– Pas dans les années mille-sept-cent-cinquante, non, pas des masses, » dit Rhys.

Le souffle d'Écho se bloqua dans sa poitrine.

« Je te demande pardon ? demanda-t-elle, stupéfaite par ses paroles. Est-ce que tu plaisantes ? »

Rhys parut s'apercevoir qu'il avait commis un impair et il eut la présence d'esprit de prendre un air un peu confus.

« Ah. Ouais, j'allais y venir, justement, » dit-il. Il se leva d'un bond et s'affaira à faire descendre un écran de projection du plafond en face des canapés.

« Euh... quand, au juste, est-ce que tu comptais me dire que tu es... quoi, un ours-garou qui voyage dans le temps ? » demanda Écho avec un reniflement dédaigneux, en croisant les bras. « Quelle chance incroyable j'ai là. »

Rhys lui lança un regard coupable.

« Je ne savais pas trop comment te le dire. Ça a l'air dingue, pas vrai ? »

Écho réfléchit un instant à ses paroles.

« Je suppose que tu devrais commencer par me raconter vraiment ton histoire, au lieu de me lâcher cette bombe dessus, » dit-elle.

Rhys la prit par la main et l'attira jusqu'au canapé. Écho s'installa à côté de lui, mais pas trop près. Rhys faisait de drôles de choses à son cerveau quand il la touchait et là, elle avait besoin d'avoir les idées claires.

« Ça a commencé quand j'ai eu quatorze ans et que j'ai commencé à prendre ma forme d'ours, lui dit-il. Ma mère est morte jeune, donc il n'y avait que moi, mon père et mon frère. Je suis le fils aîné. »

Écho enfreignit aussitôt sa propre règle et tendit la main pour glisser ses doigts entre ceux de Rhys, l'encourageant en silence. Rhys se mit à tracer doucement des cercles contre sa paume avec son pouce tout en parlant. En la berçant.

« Mon frère et moi n'avions qu'un an d'écart, et nous nous disputions souvent. Mon père nous a donné le choix, prendre un professeur et élargir nos esprits, ou sortir tous les jours dans la lice et apprendre l'art de la guerre. » Rhys sourit, se remémorant peut-être un doux souvenir. « J'ai choisi le combat, évidemment. Mon frère a choisi les livres. Quand j'ai atteint la maturité à l'âge de dix-neuf ans, je suis parti de chez moi pour aller me battre pour le roi.

– Comment s'appelle la ville d'où tu viens ? demanda Écho.

– Tighnabruaich, » dit Rhys.

Écho gloussa franchement en entendant ce mot imprononçable.

« Désolée, s'excusa-t-elle. C'est le nom le plus écossais que j'aie jamais entendu.

– Ouais, acquiesça Rhys en baissant la tête pour dissimuler un sourire attendri. C'est un endroit très écossais.

– Alors, qu'est-ce qui s'est passé ? Qui t'a amené ici ? Ou maintenant, devrais-je dire ? »

Le sourire de Rhys disparut.

« Mon père est mort brusquement, de causes mystérieuses. Le lord voisin était avide et il a profité de ce flottement dans le commandement pour annexer Tighnabruaich à ses possessions.

– Et tu étais toujours absent ? demanda Écho.

– Oui. Vivant des aventures, comme je le voyais alors. À folâtrer avec des femmes et à remplir mes coffres d'or, tout ça pendant que mon clan souffrait terriblement. »

Écho grimaça en entendant la colère amère dans sa voix.

« Tu n'en savais rien, dit-elle.

– Je n'aurais jamais dû partir. Lorsque je suis revenu sur mon cheval, Tighnabruaich était déjà en ruine. Il restait à peine assez d'hommes pour protéger les femmes et les marmots. On a dû emporter ce qu'on pouvait et fuir comme des lâches. Ça n'a pas... je n'ai pas réussi à les sauver. »

Écho ouvrit de grands yeux, le cœur battant.

« Ils sont morts ? s'exclama-t-elle d'une voix étranglée.

– Presque. Ils l'auraient été, sans la sorcière. Rhys saisit le regard perplexe d'Écho et hocha la tête. Mère Marie.

Elle m'a proposé un pacte avec le diable.

– Elle a sauvé ton clan ? demanda Écho.

– Oui et mon frère avec. Je ne pouvais pas refuser le marché.

– Qu'est-ce qu'elle a obtenu en échange, au juste ? demanda Écho en se mordant la lèvre.

– Ma loyauté et mes services, jusqu'au moment où... » Rhys s'interrompit, comme si quelque chose lui était brusquement venu à l'esprit. Il éclata d'un rire semblable à un grondement et secoua la tête. « Pas étonnant qu'elle t'ait aussi mal accueillie. Elle va me perdre dès que je t'aurai marquée.

– Je ne comprends pas, dit Écho en fronçant le nez.

– Ne t'en fais pas. On a un peu de temps avant d'en arriver là, je pense, » dit Rhys.

On frappa à la porte et Duverjay entra avec un grand plateau de service.

« Merci, Duverjay, vous pouvez le laisser sur la table, » dit Rhys.

Duverjay fit ce qu'on lui disait et lança un regard curieux à Rhys et Écho, puis le majordome partit.

« Est-ce qu'on mange à table ? » demanda Écho, en lançant un coup d'œil aux plats recouverts de couvercles d'argent que Duverjay avait apportés.

« En fait, j'ai une meilleure idée, dit Rhys, dont le visage s'illumina d'un large sourire inattendu. Attends une seconde. »

Il disparut à nouveau dans sa chambre et revint avec une énorme couverture en fourrure. Il l'étala par terre devant les canapés, puis lança à Écho un coup d'œil interrogateur.

« Façon pique-nique, hein ? demanda Écho avec un grand sourire. Très romantique. »

Rhys lui adressa un sourire que le professeur de littérature anglaise préféré d'Écho aurait qualifié de « tout à fait galant », et son cœur palpita légèrement. Si elle devait être promise à quelqu'un par un destin cosmique, elle se disait qu'au moins, c'était à quelqu'un qui la regardait comme *ça*.

Écho leva pour elle-même les yeux au ciel tandis que Rhys allait chercher le plateau du dîner. Quelques sourires charmeurs et beaucoup de frustration sexuelle ne signifiaient pas qu'elle devait simplement se coucher et acquiescer à cette histoire de partenaires liés par le destin. Bon sang, elle ne pensait même pas croire à quoi que ce fût de tout ça.

« Là, » dit Rhys en prenant une télécommande et en allumant le projecteur. Une longue liste de films et de séries télévisées apparut sur l'écran, et il tendit alors la télécommande à Écho. « À toi de choisir, puisque je suis si romantique. »

Ils s'installèrent sur la couverture et Rhys découvrit les plats. Écho se mit aussitôt à saliver lorsqu'elle vit que Duverjay avait apporté deux filets mignons poêlés à la perfection, accompagnés de champignons sautés et d'asperges grillées.

« Ah, je crois qu'il nous manque un ingrédient important, dit Rhys. Choisis quelque chose à regarder, je reviens tout de suite. »

Il quitta le salon et se dirigea vers le palier, sans doute pour descendre. Écho parcourut les films sur sa liste, surprise de voir qu'il avait là une sélection incroyablement variée. Bien qu'il y eût de nombreux films d'action récents, il avait également les films Harry Potter sur sa liste, ainsi qu'un certain nombre de classiques plus anciens.

Rhys réapparut avec deux énormes verres à vin et une bouteille de vin rouge, l'air content de lui.

« Je t'en prie, dis-moi que tu aimes le vin, » dit-il en prenant place à côté d'elle.

Écho éclata de rire.

« Oui, bien sûr. Je travaillais comme serveuse à la fac, donc je m'y connais un peu en vin. »

Rhys parut soulagé.

« Je n'ai eu qu'un seul rendez-vous galant depuis mon arrivée à la Nouvelle-Orléans et la fille ne buvait pas de vin. Elle n'aimait que l'amaretto avec du sirop de citron vert. »

Rhys frissonna et Écho éclata de rire.

« C'est horrible, » dit-elle en acceptant le verre qu'il lui tendait. Elle le regarda lutter un moment avec le tire-bouchon pour essayer de retirer le bouchon de la bouteille. « Laisse-moi faire. Je suis une pro. »

Rhys haussa un sourcil sceptique mais il lui tendit la bouteille et le tire-bouchon. Lorsqu'Écho déboucha habilement le vin et le versa dans leurs verres, Rhys lui lança un regard admiratif.

« Voilà un talent utile, dit-il.

– Plus ma journée a été pourrie, plus il devient utile, » plaisanta-t-elle en mettant la bouteille de côté pour boire une gorgée de vin. C'était un Cabernet Sauvignon robuste et fruité et Écho devina qu'il s'agissait d'un excellent et onéreux millésime.

« Tu as eu ça au rez-de-chaussée ? demanda-t-elle, surprise.

– Ah… Rhys lui décocha un nouveau sourire espiègle. En fait, je l'ai piquée dans les appartements de Gabriel. Il a toujours un bar bien garni au cas où il ramènerait une fille à la maison.

– Je ne peux pas le juger, dit Écho. Au moins, il a très bon goût en matière de vin.

– C'est bien loin des vins que j'avais à Tighnabruaich. J'ai toujours aimé le vin, mais celui-ci est tellement plus clair et plus moelleux, dit Rhys en faisant tournoyer le Cabernet dans son verre. Est-ce que tu as choisi un film ?

– J'ai vu que tu avais Harry Potter sur ta liste. Tu les as déjà vus ? demanda Écho.

– Jamais.

– Oh, dans ce cas, c'est ça qu'il faut qu'on regarde.

– J'aurais cru qu'une sorcière les trouverait trop nunuche, dit Rhys en lui lançant un regard interrogateur. Je pensais que la plupart des jeunes sorcières se consacraient plusieurs heures par jour à l'entraînement magique, donc je me suis dit que tu n'aimerais pas regarder un film qui tourne ça en dérision.

– Je les aime bien *justement* parce qu'ils sont nunuches. Je ne me suis pas vraiment entraînée à la magie en grandissant, donc pour moi, c'était toujours drôle. En réalité… pour être honnête, Rhys, je ne contrôle pas vraiment mes pouvoirs. »

Rhys prit une gorgée de son vin et hocha la tête.

« J'ai remarqué que tu n'avais pas l'air sûre de toi pendant le combat, dit-il. Je me suis dit que tu me le dirais si tu voulais que je le sache. »

Comme le film commençait, Écho ne répondit pas, aussi Rhys lui tendit une assiette de steak et de légumes sans la pousser plus avant. Ils mangèrent en silence, de plus en plus captivés par le film et la nourriture. La cuisine de Duverjay était tout bonnement excellente et ce repas de la déçut en rien.

Une fois qu'ils eurent terminé, Rhys ramena le plateau sur la table et tira quelques énormes coussins du canapé, les calant contre le divan afin de créer une endroit confortable où paresser.

Sans interrompre le film, il attira Écho à lui, la blottit contre lui et passa son bras musclé par-dessus ses épaules. Elle s'appuya d'instinct contre lui et le repas copieux et à la chaleur de son corps la firent tomber dans un sommeil profond.

Lorsqu'elle se réveilla, Harry Potter était terminé depuis longtemps et Rhys regardait un documentaire sur Martin Luther King Jr., l'air intensément concentré. Le visage d'Écho était enfoui dans le cou de Rhys et le rideau de sa chevelure les recouvrait tous les deux. Écho était un peu gênée de s'être accrochée à lui dans son sommeil, même s'il fallait s'y attendre. Voilà plusieurs nuits qu'ils partageaient le même lit et Écho était pratiquement sûre qu'ils étaient entremêlés pendant la majeure partie de ces heures de sommeil.

Écho s'autorisa à respirer quelques bouffées soporifiques de sa merveilleuse odeur avant de s'écarter en se frottant le visage. Heureusement, elle ne lui avait pas bavé dessus pendant sa sieste digestive.

« Euh... coucou, dit-elle, un peu gênée.

– Coucou à toi, » dit Rhys. Distrait, il tourna la tête et effleura de ses lèvres la joue d'écho, tout près de son oreille. Un contact assez anodin, mais Écho avait toujours l'esprit embrumé par le sommeil. Sans parler du fait que ses hormones partaient complètement dans tous les sens ; à cet instant, son esprit, qui refusait de remonter au-dessus de sa ceinture, l'encourageait à découvrir quel effet ses lèvres feraient sur n'importe quelle autre partie de son corps.

Écho se raidit au contact de ses lèvres et Rhys arracha son attention au film pour baisser les yeux sur elle, les sourcils froncés d'inquiétude. Ses bras se resserrèrent autour de ses épaules pendant un infime instant et leurs regards se croisèrent et restèrent accrochés.

Écho leva les yeux vers Rhys, une curiosité croissante au sein de sa poitrine. Elle se lécha les lèvres et leva le menton d'à peine quelques centimètres et les yeux d'un vert éclatant de Rhys s'assombrirent d'une lueur charnelle. Il changea de position et se pencha en avant, déposant à sa grande surprise un second baiser sur sa joue, encore une fois juste à côté de son oreille. Puis encore un autre, ses lèvres effleurant cette fois le lobe de son oreille, les poils doux de sa barbe lui chatouillant le cou.

Rhys leva une main et ses doigts se refermèrent sur sa nuque, le pouce appuyé contre sa joue. Il lui pencha la tête en arrière pour exposer sa gorge avant d'appuyer son nez et ses lèvres là où battait son pouls et un profond grondement s'échappa de sa gorge.

Ses lèvres et ses dents effleurèrent son cou au niveau du point sensible où il rejoignait son épaule et le corps d'Écho réagit véritablement cette fois. Elle sentit ses seins se contracter de désir, ses mamelons se dresser en pointes acérées. Elle avait l'impression que sa peau était trop étroite, trop chaude ; une légère palpitation se mit à battre dans le bas de son corps, au rythme de plus en plus rapide de son pouls.

Et pourtant, Rhys l'avait à peine touchée. Il déposa de rapides baisers humides sur son cou et son épaule, ses doigts puissants et rugueux maintenant sa tête en place. Écho exhala un souffle retenu et referma l'une de ses mains sur son épaule pour essayer d'attirer ses lèvres contre les siennes.

Rhys ne céda pas d'un pouce et effleura le bas de sa joue de ses lèvres, progressant du menton jusqu'à l'oreille. Il lui titilla l'oreille du bout de la langue, mordillant le lobe et soufflant doucement dans son oreille, la rendant folle de désir. Écho se mordit la lèvre et se blottit plus fort contre lui, en serrant les cuisses pour contrer le désir douloureux qui grandissait entre elles.

Rhys l'embrassa juste au coin de la bouche et ses lèvres s'entrouvrirent sur un soupir. Il resserra sa prise sur son cou, mettant fin à ses mouvements incessants tandis qu'il passait sa lèvre inférieure le long de la sienne, puis reculait lorsqu'elle essayait de lui rendre son baiser.

« Détends-toi, Écho, » dit Rhys. Elle ouvrit les yeux et les leva vers lui, rougissant à la vue de l'intense satisfaction masculine sur son visage. Oui, elle avait envie de lui. Et lui, il jouait avec elle, et veillait à lui montrer qui commandait.

« Allez, embrasse-moi, exigea-t-elle en plissant les yeux d'un air furieux.

– Mmm, » murmura Rhys. Patience. »

À la place, il la lâcha, la laissant profondément stupéfaite lorsqu'il saisit l'ourlet de son T-shirt et le tira par-dessus sa tête, puis le jeta de côté. Il ne demanda pas sa permission, mais son regard ne quitta jamais son visage tandis qu'il caressait ses bras, ses hanches, ses côtes.

Rhys se lécha la lèvre inférieure lorsqu'il glissa ses doigts sous les bretelles de son soutien-gorge, les tirant puis les lâchant avec un léger claquement. Le souffle d'Écho devint laborieux tandis qu'il effleurait du bout des doigts les bonnets de son soutien-gorge et elle ne put s'empêcher d'arquer le dos à son contact.

« J'ai envie de t'enlever ça, » dit Rhys en glissant son doigt dans l'un des bonnets et en l'écartant de son corps.

Écho déglutit et leva le menton pour prononcer son défi.

« Seulement si tu m'embrasses d'abord, » insista-t-elle.

Rhys eut un large sourire et Écho sut qu'elle avait dit exactement ce qu'il fallait.

CHAPITRE 10

RHYS

Si Rhys essayait de susciter une réaction de la part d'Écho, il avait réussi. La blonde sensuelle qui allait devenir sa partenaire ne portait plus qu'un soutien-gorge rose transparent et ses lèvres pleines et boudeuses le suppliaient de l'embrasser. À cet instant précis, Écho le fixait d'un regard nettement avide et Rhys avait du mal à garder le contrôle sur ses pulsions les plus primitives.

Il en attribuait la faute à la lingerie qu'elle portait ; à son époque, les femmes étaient soit entièrement vêtues, soit entièrement nues et il s'avérait qu'il n'y avait rien d'aussi envoûtant qu'une femme qui flottait entre les deux. Bien que Rhys eût vu des photos de mannequins dans des tenues semblables et eût recherché en ligne des tenues de femmes modernes, voir Écho en lingerie était infiniment plus excitant. Il s'efforçait de ne pas garder les yeux rivés sur son soutien-gorge, mais la façon dont le tissu fin épousait son corps lui donnait envie de voir ce qui se cachait sous son jean moulant.

Plus que tout, il avait envie de la déshabiller, de la retourner pour faire pointer en l'air son cul sans nul doute parfait, et de la baiser jusqu'à ce qu'elle eût la voix rauque à force de crier son nom. Si jamais il avait été tenté à ce point par une donzelle là-bas, en Écosse, il l'aurait sans nul doute déjà prise dans un couloir sombre du château.

Mais, Écho n'était pas une simple servante lubrique. Premièrement, elle était moderne. Deuxièmement, elle allait devenir sa partenaire et Rhys voulait tout sauf gâter les choses entre eux en allant trop vite.

Ce n'était pas parce qu'il savait qu'ils allaient finir ensemble qu'il devait faire preuve de patience. La donzelle qui allait porter ses mômes méritait le soleil et la lune et non pas une saillie précipitée et sans aucun plaisir.

« Seulement si tu m'embrasses d'abord, » avait-elle rétorqué tandis qu'il caressait son soutien-gorge.

Eh bien, si c'était un baiser qu'elle voulait...

Rhys glissa ses bras autour de la taille d'Écho et l'attira brusquement à lui, abaissant sa bouche vers la sienne. Il attendit, les lèvres à un battement de cœur des siennes, faisant durer l'instant aussi longtemps que possible. Écho poussa un soupir contre ses lèvres, avec une avidité et un désir qui reflétaient exactement les siens. Elle se laissa aller contre lui, sa peau nue chaude contre ses bras et ferma lentement les yeux.

L'instant idéal.

Rhys souda ses lèvres aux siennes, dévorant le doux bruit de plaisir qu'Écho émit. Sa bouche était tout ce qu'il aurait pu désirer, si chaude et si douce tandis qu'elle l'accueillait. Rhys caressa ses lèvres des siennes, se servant du baiser pour tester sa réactivité. Écho lui rendit caresse pour caresse, le mouvement de sa langue habile faisant palpiter sa queue.

Rhys fit remonter sa main le long de son dos jusqu'à son soutien-gorge, en essayant de concentrer son attention sur Écho tandis qu'il cherchait le moyen de dégrafer la soie fine. Il y parvint au bout d'un moment, puis il porta ses mains à ses épaules pour faire glisser les bretelles sur ses épaules et le long de ses bras. Pendant tout ce temps, il observait son visage, se délectant de la rougeur qui se répandait sur ses joues tandis que le désir dans ses yeux croissait.

Rhys l'embrassa à nouveau profondément, avant d'ôter le sous-vêtement de son corps et de prendre un moment pour admirer ses seins dénudés. Ils étaient hauts et rebondis, parfaitement ronds et couronnés de mamelons rose sombre qui firent tressaillir sa queue et saliver sa bouche.

Rhys tendit la main et observa le visage d'Écho tandis qu'il effleurait de son pouce un mamelon durci. Ses yeux étaient assombris par le désir, sa peau rougie par l'excitation. Elle se passa la langue sur les lèvres en le regardant la regarder et Rhys fut soudain submergé par le besoin de la voir trouver la jouissance, de la marquer d'une manière inoubliable.

Rhys installa Écho contre les coussins calés contre le canapé, penchant son dos et poussant ses seins vers le haut. Il fit glisser sa main vers le haut à partir de sa taille, effleurant sa cage thoracique et ses mains épousèrent la forme de ses seins. Chacun des globes parfaits était plus grand que sa main, ferme et chaud au toucher.

Rhys changea de position et abaissa sa bouche à son sein, faisant grimper l'impatience pour tous les deux tandis qu'il explorait de ses lèvres le creux entre ses seins. Écho se tortilla et Rhys perçut son excitation malgré les vêtements qu'elle portait encore.

Incapable d'attendre un instant de plus, Rhys referma ses lèvres sur son mamelon et lui donna de lents coups de langue. Le cri de plaisir guttural d'Écho faillit le tuer. Rhys ne s'arrêta pas une seconde, tourmentant ses deux seins avec ses lèvres, sa langue et ses dents, jusqu'à ce qu'elle le supplie de continuer.

« Rhys, je t'en prie... dit Écho, les doigts agrippés à son T-shirt.

– Je t'en prie, quoi ? » demanda-t-il en libérant son mamelon.

Écho recula de quelques centimètres et lui arracha pratiquement son T-shirt, ce qui le fit sourire. Son sourire ne fit que s'élargir lorsqu'il la vit admirer ouvertement son corps. Elle se mordit la lèvre et explora ses épaules, son torse et son ventre par de douces caresses.

Lorsque ses doigts descendirent le long de ses abdos vers la ceinture de son jean, son corps se raidit involontairement et ses muscles se contractèrent. Écho se lécha à nouveau les lèvres et Rhys perdit patience.

« Lèche-toi encore les lèvres en fixant ma queue, défia Rhys. Essaie un peu, ma belle. »

Écho leva brusquement les yeux vers ceux de Rhys et vira complètement au rouge.

« Je… » commença-t-elle, mais Rhys n'avait aucune patience pour cela pour l'instant. Il se mit debout et cueillit Écho dans ses bras, la portant à travers le salon jusque dans sa chambre.

Il jeta Écho sur son lit et défit la fermeture éclair de son jean, mais ne l'enleva pas. Il n'avait jamais vraiment compris l'intérêt des sous-vêtements, les trouvant trop restrictifs et il ne pensait pas qu'Écho fût déjà prête pour le grand spectacle.

Son jean à elle, en revanche, fut aussitôt ouvert et retiré. Conformément à son fantasme, elle portait un minuscule lambeau de tissu rose et transparent dessous. Rhys passa sa main sur ses abdos et grogna pour lui-même, en s'efforçant de graver cette image dans sa mémoire.

« Retourne-toi, dit-il en faisant tournoyer son doigt en l'air. Je crois qu'il faut que je voie tout. »

Écho haussa les sourcils et sa poitrine se souleva et s'abaissa une ou deux fois. Un instant plus tard, elle roula sur le ventre, fournissant aussitôt à Rhys de quoi fantasmer pour le restant de ses jours.

Son derrière était large, ses jambes longues et plantureuses, et une minuscule bande de soie rose dépassait d'entre les globes jumeaux de son cul.

« Putain, ma belle. Tu me tues, là, » dit Rhys.

Il s'agenouilla sur le lit, bloquant les jambes d'Écho entre ses genoux. En faisant remonter ses mains sur l'arrière de ses cuisses, il remarqua qu'elle tremblait sous ses attentions. Il prit ses fesses dans ses mains en coupe et les serra, les écartant un peu pour admirer une fois de plus la lingerie.

Il tira sur l'élastique de sa culotte là où elle était posée, près du haut de ses fesses.

« Je vais t'enlever ça, » dit-il à Écho.

Elle tourna un instant la tête pour lui lancer un coup d'œil, puis hocha la tête. Elle était devenue silencieuse face à sa démonstration de domination, mais la fièvre languissante dans ses yeux était claire comme de l'eau de roche. Tout comme la moiteur de sa culotte tandis que Rhys en dépouillait son corps.

Enfin, Écho fut nue devant lui, étendue sur son lit, prête pour ses caresses. Rhys se pencha en avant et embrassa le haut de son dos, puis le côté de sa fesse, répriment un petit sourire lorsqu'elle se crispa, ne sachant pas trop quelles étaient ses intentions.

Il recula un instant, libérant ses jambes.

« Retourne-toi, ma belle. Je veux voir ton visage, » lui dit-il.

Écho se retourna, en l'observant attentivement. Rhys guida ses mouvements à sa guise, soulevant ses genoux du lit. Il écarta ses genoux et eut un petit sourire en coin lorsqu'elle résista, l'air gêné.

« Rhys... dit-elle, l'air mal à l'aise pour la première fois depuis leur rencontre.

– J'ai envie de te voir, Écho. Tout entière, dit Rhys. J'ai envie de te donner beaucoup, beaucoup de plaisir. »

La bouche d'Écho se serra en une mince ligne, mais elle le laissa écarter largement ses genoux et ses cuisses se séparèrent pour révéler son sexe rose et scintillant. Rhys l'admira pendant plusieurs longues secondes avant de s'allonger à côté d'elle. Il se coucha sur le côté, face à Écho, et ramena son genou par-dessus sa hanche pour s'autoriser un accès complet à son corps.

« Tu es exquise, murmura Rhys à Écho. J'espère que tu le sais. »

Il fit glisser le bout de ses doigts de son nombril à sa hanche, descendit jusqu'à son genou, puis traça une ligne en remontant jusqu'à l'intérieur de sa cuisse. Elle se crispa légèrement, mais Rhys prit son temps, faisant monter la tension de l'instant, effleurant ses boucles d'un brun sombre, effleurant son mont de Vénus par de légères caresses.

L'air s'emplit de son odeur, un musc grisant sous l'effet duquel l'ours en Rhys tenta de s'échapper en donnant de furieux coups de griffes. Il ignora les images salaces qui envahirent son esprit, des images de lui emplissant et baisant sa partenaire dans toutes les positions imaginables et se concentra pour la caresser d'abord jusqu'à la jouissance.

Rhys traça le contour de ses lèvres extérieures du bout de deux doigts, observant l'avidité croissante d'Écho et remarqua lorsqu'une mince pellicule de transpiration apparut sur sa peau. Il mourait d'envie qu'elle le caresse de la même manière, mais lorsque ses doigts inquisiteurs trouvèrent sa ceinture, il repoussa doucement sa main.

Écho lui lança un regard profondément agacé, mais Rhys se contenta de sourire et fit aller et venir le bout d'un seul de ses doigts le long de sa fente humide, en veillant à ne pas appuyer suffisamment pour la stimuler.

Lorsque le corps d'Écho se mit à mouiller les draps sous elle, lorsqu'elle se mit à haleter et à gémir de frustration, alors seulement Rhys trouva son clitoris et y décrivit-il des cercles autour avec son pouce.

« Ah ! s'écria Écho, dont le bassin bondit à sa rencontre.

– Doucement, » la réprimanda Rhys, tout en déplaçant sa jambe et en venant s'agenouiller entre ses jambes.

Il ne l'avait jamais fait auparavant, mais il avait regardé beaucoup de pornographie moderne. Il n'avait jamais compris ce désir jusqu'à environ cinq minutes plus tôt, mais il avait soudain besoin de goûter sa partenaire… intimement.

Écho lui décocha un regard qui se situait quelque part entre le désir sauvage et la peur absolue et Rhys réalisa avec stupéfaction qu'il s'agissait peut-être là d'un moment important entre eux. Écho lui avait laissé le contrôle et, en échange, il devait honorer sa promesse de l'amener à la jouissance.

À sa grande surprise, explorer Écho avec sa bouche lui venait naturellement. Il enfouit son visage à la jointure de sa cuisse, inspirant une dose profonde de son odeur, déposant des baisers sur sa peau sensible.

Lorsqu'il écarta largement ses lèvres de deux doigts, elle était déjà trempée pour lui. Il exposa le petit bouton tout en haut de son sexe, longeant les plis délicats du bout de sa langue. Écho faillit bondir du lit et arqua le dos en poussant un cri. L'une de ses mains vint se poser sur le côté de la tête de Rhys, l'autre s'agrippait aux draps.

Rhys laissa ses yeux se fermer tandis qu'il faisait tournoyer sa langue sur sa chair la plus sensible. Il gardait un rythme lent, un contact doux. Il savait précisément comment il voulait qu'elle jouisse et il ne voulait pas se presser pour y arriver.

Tandis qu'il lui léchait le clito, il enfonça lentement un doigt épais en elle. Son corps était glissant de désir, acceptant sans difficulté d'abord un doigt puis deux, ses muscles frémissant et l'agrippant d'une manière qui fit désespérément palpiter sa queue.

Lorsqu'il prendrait enfin sa partenaire, ça serait incroyable ; selon toute probabilité, elle le priverait de sa virilité en quelques instants s'il ne se contrôlait pas fermement.

Rhys n'avait jamais ainsi goûté une femme auparavant, mais donner du plaisir avec ses mains n'était pas nouveau pour lui. Tandis qu'il embrassait et léchait son clitoris, il fit tourner sa main très légèrement, en recourbant ses doigts vers son nombril, cherchant...

« AH ! cria Écho en se tordant contre sa main. Rhys, oui ! Oh, oh... »

Rhys referma ses lèvres sur son clito et suça doucement, le bout de ses doigts martelant un rythme régulier tandis qu'il les faisait aller et venir dans son étroitesse. Écho tint moins d'une minute avant d'exploser et un sanglot s'échappa de ses lèvres tandis que son corps se contractait et se déversait contre la bouche et les doigts de Rhys. Sa jouissance dura encore et encore et Rhys l'aida à savourer ce pic, faisant durer son plaisir jusqu'à ce qu'elle finisse par le repousser.

Écho s'enroula autour de Rhys et l'embrassa profondément, prenant le contrôle pour le moment, ce qui ne le gêna pas. La sensation de l'embrasser, son musc toujours accroché à ses lèvres et à sa langue, était érotique, et la sensation d'une partenaire repue dans ses bras était la meilleure de toutes.

Lorsque le baiser d'Écho s'échauffa à nouveau, et que sa main se mit à glisser le long de son ventre, il bloqua ses doigts inquisiteurs et les porta à ses lèvres pour les embrasser.

« Demain, » dit-il, ne voulant pas gâcher le moment. Ce soir-là avait été pour Écho, pour lui montrer ce qu'il pouvait lui offrir en tant que son partenaire, pour lui montrer pourquoi elle allait revenir dans son lit nuit après nuit. Pourquoi elle se ferait une joie de rejeter tous les autres, tout comme Rhys.

Malheureusement, Écho ne parut pas ravie de sa réponse. Sa déception était flagrante.

« Tu crois que je vais te faire du mal, dit-elle, l'air blessé.

– Quoi ? demanda Rhys.

– Tu crois que je vais faire ce que j'ai fait à cette… cette *créature* chez Tee-Elle. » Elle remua les doigts pour mimer la disparition, et Rhys demeura un instant perplexe.

« Le succube, dit-il enfin.

– Ouais. Tu crois… Je veux dire, je ne sais pas bien contrôler mes pouvoirs, dit Écho.

– Ma belle, ce n'est pas du tout ce que je pense. » Rhys tendit la main vers elle, mais Écho s'écarta.

Elle descendit du lit, ramassa sa culotte et lui décocha un dernier coup d'œil avant de s'enfuir de la chambre. Rhys se recoucha sur son lit avec un soupir sonore, en se demandant comment Écho avait pu passer aussi vite du plaisir à la colère.

Comment s'était-il débrouillé pour se planter à ce point ?

CHAPITRE 11

ÉCHO

É cho soupira en enfilant une robe d'été vert olive trouvée dans sa garde-robe apparemment sans fond et se demanda qui avait pour mission de choisir et d'acheter ses vêtements. Curieusement, elle imaginait mal Duverjay choisir des robes, des culottes et des sandales à lanières, peut-être parce qu'elle ne l'avait jamais vu qu'en tenue officielle.

« *Non, Écho, tu ne peux pas nous aider à trouver ta tante*, marmonna-t-elle en une imitation qui massacrait l'accent de Rhys. *Allez, laisse-nous faire notre travail, Écho. Reste à la maison, Écho.* »

Écho s'évalua dans le miroir, en se mordant la lèvre. La robe moulait son corps partout où il le fallait, et le col était un peu échancré pour mettre en valeur le décolleté d'Écho. Elle avait choisi des talons compensés bas et relevé ses cheveux avec une fleur.

Le tout faisait partie de son plan pour tourmenter Rhys, qui se montrait maladroit au possible en sa présence *et* exigeait qu'elle ne contribuât aucunement à secourir un membre de sa propre famille qui avait été enlevé.

« Oh que non, mon pote, marmonna Écho, bien que Rhys ne fût pas là pour l'entendre. Tu ne peux pas rester loin de moi et être quand même aussi possessif. C'est l'un ou l'autre. »

Il fallait le reconnaître, la majeure partie de la maladresse venait d'Écho. Elle faisait des recherches sur ses propres facultés, essayant de trouver un moyen de s'empêcher de changer Rhys en une tranche d'ours-garou grillé lorsqu'elle finirait par refaire avec lui quelque chose qui s'apparentait à des galipettes.

Et ça, elle en avait sacrément envie. Son attirance envers Rhys était plus forte que jamais et semblait s'accroître à chaque seconde. C'était en partie sa curiosité, en partie l'alchimie magique et cosmique entre eux… et peut-être une minuscule part de luxure pure et simple de la part d'Écho.

Mais rien de ça ne signifiait qu'elle devait mettre son bien-être en danger, évidemment.

Écho soupira et descendit l'escalier, à ceci près que cette fois elle cherchait non pas Rhys, mais Aeric. Comme elle avait eu suffisamment de temps libre pendant les disparitions de Rhys, Écho avait échafaudé un bon plan pour trouver Tee-Elle, un plan dont elle était à peu près certaine qu'il fonctionnerait vraiment.

Le problème était qu'il lui fallait un miroir de vision pour trouver Tee-Elle et quelqu'un pour assurer ses arrières. Elle doutait encore de ses aptitudes magiques. Elle ne voulait pas commettre une erreur minuscule qui pourrait avoir des répercussions catastrophiques, elle avait donc besoin que quelqu'un de plus expérimenté reste avec elle pendant qu'elle se servait du miroir.

Après une brève réflexion, elle avait choisi Aeric. Des trois Gardiens, Aeric semblait le plus susceptible d'aider Écho sans éprouver le besoin de tout raconter à Rhys dans les moindres détails. Gabriel et Rhys étaient trop proches, mais Aeric n'avait pas l'air d'être le pote de qui que ce soit.

Écho trouva Aeric seul dans le séjour du rez-de-chaussée, assis à la grande table de conférence. Il étudiait un énorme livre relié de cuir brun craquelé et remuait les lèvres en silence tout en lisant. Elle l'observa de loin et s'aperçut que son expression de colère perpétuelle masquait sa véritable beauté.

Ses cheveux blond cendré étaient impeccablement coiffés, juste assez long pour avoir une allure décontracté avec une raie sur le côté et ramenés en arrière. Il était tout aussi grand que Rhys, encore plus solidement bâti et son torse ne ressemblait à rien tant qu'à un tronc d'arbre.

Écho prit une bouteille d'eau dans le frigo de la cuisine puis s'avança vers lui d'un pas nonchalant, en s'efforçant de paraître désinvolte.

Sa nervosité réduisit à néant toute tentative de se montrer subtile lorsqu'elle laissa tomber la bouteille encore fermée sur la table. Elle rebondit et atterrit en plein sur le livre, en réponse à quoi Aeric fronça les sourcils et chassa la bouteille d'un revers de la main.

« Qu'est-ce que tu fais ? gronda-t-il. Ce livre a plus de six-cents ans. »

Les lèvres d'Écho s'entrouvrirent sous l'effet de la surprise, mais elle ne sut pas trop comment répondre à ça. Face à l'attitude implacablement maussade d'Aeric, son attirance momentanée pour lui se fana.

« Désolée, dit-elle en ramassant vivement sa bouteille d'eau de sur la table. C'était un accident. »

Lorsqu'elle s'assit à la table en face de lui, Aeric haussa un sourcil.

T'as un sacré cran pour t'asseoir à côté de moi, semblait-il dire.

Écho eut du mal à ne pas lever les yeux au ciel. Peut-être que chaque fois que Rhys l'agaçait, elle aurait dû simplement imaginer ce que ce serait que d'être la compagne d'Aeric pour le restant de ces jours. Voilà qui devrait lui faire apprécier le grand gaillard autoritaire qui avait pris le contrôle de sa vie.

« Il faut que je te parle, dit Écho, ignorant le regard furieux qu'Aeric posait sur elle en continu. Je ne peux pas rester ici au Manoir pour toujours, quoi qu'en pense Rhys. J'ai un boulot et une vie que je veux retrouver. »

Enfin, du moins, c'était vrai pour le boulot, se dit Écho. Le côté vie sociale… pas tant que ça.

« Pourquoi est-ce que tu me racontes ça ? » dit Aeric en refermant bruyamment son livre. Les écritures dorées sur la couverture attirèrent le regard d'Écho ; elles étaient pour l'essentiel incompréhensibles, peut-être en allemand, mais le mot *Magie* était suffisamment clair.

« Parce que je ne peux pas m'en aller d'ici tant que cette histoire de Père Mal n'est pas réglée. La seule personne en dehors du cercle privé de Père Mal qui puisse nous fournir des informations sur ce qu'il prépare, c'est Tee-Elle, et il la retient en otage. Donc, expliqua Écho, il faut que je trouve Tee-Elle. Elle a disparu depuis presque une semaine et vous ne l'avez pas encore retrouvée. Il est temps de tenter autre chose. »

Aeric la dévisagea pendant quelques instants avant de répondre.

« Et tu penses pouvoir la trouver ? » demanda-t-il, mordant à l'hameçon. Écho faillit pousser un cri de joie perçant, mais elle se retint.

« Du moins, j'ai une idée, dit-elle en laissant sa critique tacite des facultés de vision des Gardiens flotter dans l'atmosphère. Mais j'ai aussi une condition. »

Aeric renifla et croisa les bras, tout en se calant contre le dossier de son siège.

« C'est toi qui as besoin de mon aide et tu poses une condition. Génial. »

Écho rougit, mais elle refusa de se laisser intimider par le mauvais caractère d'Aeric. Elle posa ses coudes sur la table et le foudroya durement du regard.

« Ton travail, c'est de protéger la ville, raisonna-t-elle. Père Mal est une menace pour le monde entier et plus encore pour la Nouvelle-Orléans. Je t'aiderais autant que toi tu m'aideras. »

Écho aurait juré qu'elle avait vu les lèvres d'Aeric tressaillir, ainsi qu'une lueur d'amusement dans ses yeux. Elle avait la nette impression qu'à cet instant, il avait pitié de Rhys de s'être retrouvé coincé avec quelqu'un qu'Aeric trouvait si manifestement agaçant.

« Alors, c'est quoi, ta condition ? demanda-t-il.

– Je ne veux pas que tu en parles à Rhys. Si ça marche, je veux venir avec vous chercher Tee-Elle et je crois qu'on sait tous les deux que Rhys n'apprécierait pas ça. » Aeric émit une toux incrédule.

« J'en suis certaine. – Alors ? » demanda Écho.

Aeric l'examina longuement, puis secoua la tête. Écho crut qu'il allait refuser, mais il la prit par surprise.

« Écoutons donc ton idée, dit Aeric en mettant le livre de côté.

– Je vais avoir besoin du miroir de vision, dit Écho, qui se mordit un instant la lèvre avant d'ajouter : Et d'un endroit discret où m'en servir. »

Aeric plissa les yeux avant de hocher la tête avec raideur à l'adresse d'Écho. « Retrouve-moi au premier étage dans vingt minutes, » dit-il. Il ramassa le livre et sortit par la porte de derrière, en direction du gymnase.

Voyant qu'il ne reparaissait pas, Écho se rendit dans la chambre d'amis de Rhys et troqua ses talons compensés contre des chaussures plates. Elle feuilleta un magazine avec agitation pendant quelques minutes, afin de se distraire jusqu'à ce qu'il fût temps pour elle de descendre à l'étage. Avant de quitter la chambre d'amis, elle trouva son sac à main et en sortit son couteau suisse, qu'elle prit avec elle.

Lorsqu'elle descendit discrètement l'escalier central jusqu'au premier étage, elle vit qu'Aeric avait laissé la première porte grand ouverte. Elle se faufila jusque-là et se hâta d'entrer, ne s'arrêtant que quelques pas au-delà du seuil, bouche bée.

Bien que l'espace de vie d'Aeric fût disposé exactement comme celui de Rhys, les deux pièces n'auraient pas pu paraître plus différentes. Pour commencer, l'espace de vie d'Aeric était revêtu du sol au plafond de bibliothèques qui débordaient de livres de toutes formes et de toutes tailles et qui recouvraient chaque centimètre carré à l'exception de la baie vitrée à l'autre bout de la pièce.

En outre, les murs et les bibliothèques étaient tous noirs et le sol était recouvert de tapis noirs. Quelques meubles minimalistes étaient entassés près de la fenêtre et, bien qu'Aeric eût une table de lecture identique à celle de Rhys, elle avait été peinte en noir. Bon sang, le plafond était sombre et tendu de tissu noir suspendu bas de manière à faire paraître la pièce beaucoup plus sombre et plus petite.

Le plus bizarre était que la charmante fenêtre était masquée par un rideau occultant afin de bloquer la lumière du jour, ce qui signifiait que la seule lumière dans la pièce venait de deux lampes tamisées posées sur la table de lecture.

« Tu comptes rester plantée là longtemps ? demanda Aeric en la regardant d'un air blasé.

– N... non... » dit Écho, en s'enveloppant de ses bras tandis qu'elle se dirigeait vers la table.

Aeric avait installé un miroir de vision ouvragé sur la table, ainsi qu'un bloc de papier et un stylo à côté au cas où Écho aurait à prendre des notes.

Écho leva son couteau suisse et Aeric haussa un sourcil interrogateur.

« Je vais appeler la vision avec du sang, dit Écho J'ai lu quelque chose là-dessus hier, comme quoi les gens qui sont liés par un lien profond peuvent être se rechercher chacun à travers le sang de l'autre. »

Aeric retroussa les lèvres, puis hocha lentement la tête à l'adresse d'Écho.

« On peut le faire, si le lien est suffisamment profond. D'ordinaire, il faut que ce soit un membre de la famille, dit-il.

– Ça va marcher, dit Écho, d'un ton assuré destiné à consolider sa propre foi vacillante dans son plan.

– Vas-y, alors, dit Aeric en haussant les épaules.

– D'accord. Seulement... Écho hésita. Si quelque chose se passe mal, je veux que tu m'arrêtes. Assomme-moi s'il le faut, d'accord ? »

Un muscle tressaillit dans la mâchoire d'Aeric, mais il se contenta de hausser les épaules d'un air évasif. Écho décida de prendre ça pour un assentiment, aussi se pencha-t-elle au-dessus du miroir de vision pour se mettre au travail.

Écho se servit du couteau pour s'entailler la paume gauche, en s'efforçant de ne pas grimacer sous l'effet de la douleur causée par la petite lame émoussée. Elle lança un coup d'œil nerveux à Aeric, puis plaqua ses paumes ouvertes sur le miroir de vision et ferma les yeux. Écho se concentra sur Tee-Elle et leur histoire commune et invoqua les liens entre eux.

La recherche se déploya dans son esprit, les mécanismes intérieurs du miroir de vision apparaissant aux yeux d'Écho comme un réseau sans fin de circuits finement ouvragés tous connectés à une immense carte-mère. Des portions petites et grandes s'illuminaient et s'éteignaient tandis qu'Écho s'employait à éliminer les milliers de pensées superflues dans son esprit, repoussant tout ce qui n'était pas lié à Tee-Elle.

De la sueur perla sur le front d'Écho lorsque quelque chose lui chatouilla l'esprit. Elle se concentra dessus aussi fort qu'elle le put, en s'efforçant de se rapprocher du bon circuit. Un gémissement agacé s'échappa de ses lèvres lorsque la puissance de son sort eut raison d'elle et la projeta en tourbillonnant au-delà de la connexion qu'elle devait trouver.

« Merde, » dit Écho en ouvrant les yeux.

Aeric la dévisageait avec une expression qui ressemblait à une inquiétude sincère.

« T'as pas bougé depuis une heure, lui apprit-il. J'étais à deux doigts de t'assommer. Rhys aurait ma tête si je te laissais te blesser. »

Écho exhala et s'essuya le front de sa main propre. Elle retira son autre main du miroir, désormais gluant de sang en train de sécher, et soupira.

« J'ai un peu poussé, reconnut Écho. Ma puissance magique est en dent de scie depuis que je suis arrivée ici. Par moments elle est illimitée et à d'autres elle est très faible.

– Et là, elle est faible, pas vrai ? » demanda Aeric. Il posa une bouteille d'eau devant elle et la désigna d'un geste, lui indiquant qu'elle devait en boire un peu.

« Ouais, dit Écho en débouchant la bouteille et en prenant une longue gorgée.

– C'est Rhys. »

Écho plissa les yeux et but encore un peu d'eau. « Qu'est-ce que tu veux dire ? demanda-t-elle, bien qu'elle ne fût pas sûre de vraiment avoir envie de le savoir. Les sorcières…

– Je suis médium, » rétorqua sèchement Écho, à qui ce mot ne plaisait pas.

Aeric la foudroya d'un regard impatient avant de poursuivre.

« Les médiums sont un type de sorcières, dit-il en balayant sa remarque d'un geste de la main. Comme je le disais, les sorcières tirent leur pouvoir et leur stabilité de leurs partenaires de vie. Je suis surpris que tu ne saches pas ça. »

Écho posa la bouteille d'eau et réfléchit à ses paroles.

« Je n'ai pas de médiums à qui poser la question, dit-elle.

– Tu dois tenir cette faculté de ta mère, lui dit Aeric. C'est comme ça que s'obtient le don.

– Eh bien, ma mère est morte, dit sèchement Écho. Elle ne peut pas, ou ne veux pas, me dire ces choses-là. Tee-Elle est la seule *sorcière* de ma famille et elle n'a pas les mêmes facultés.

– Une faiseuse de grigris, marmonna Aeric.

– Quoi ? demanda Écho.

– Rien, rien, dit Aeric en secouant la tête. Je n'étais pas au courant pour ta mère. » Écho perdit patience.

« Peu importe. Reviens à ce que tu disais avant, sur les partenaires de vie.

– Oui, dit Aeric en hochant la tête. Les sorcières sont comme des... paratonnerres, si on veut. Elles attirent l'énergie du monde qui les entoure, mais elles l'attirent en grandes aspirations rapides. Le partenaire de vie aide la sorcière à s'équilibrer, à emmagasiner cette énergie. Il empêche la sorcière de griller ses... »

Aeric s'interrompit, essayant manifestement de trouver le mot juste.

« Fusibles ? suggéra Écho.

– C'est ça, ses fusibles.

– Comment est-ce que le partenaire arrive à faire ça sans être... tu sais, frappé par la foudre ? » demanda Écho, tout en laissant ses cils s'abaisser sur ses yeux. Elle aurait désespérément souhaité avoir cette conversation avec n'importe qui d'autre qu'Aeric, mais elle avait davantage besoin de connaître la réponse que de préserver sa pudeur.

Aeric eut alors un large sourire, révélant des dents blanches d'une perfection stupéfiante.

« Les partenaires sont protégés. Tu ne peux pas griller les fusibles de Rhys, Écho. »

Écho tout entière vira au rouge tomate et elle dut prendre plusieurs inspirations pour se calmer et ignorer le soudain amusement d'Aeric.

« Finissons-en, d'accord ? J'ai presque réussi la dernière fois, marmonna Écho.

– Un instant, avant que tu commences, » dit Aeric en levant un doigt.

Il fila hors de la pièce et revint quelques minutes plus tard avec un paquet d'habits à la main.

« Tiens, » dit-il en le lui tendant.

Sans même demander, Écho les reconnut comme ceux de Rhys. Elle arrivait véritablement à *sentir* son odeur particulière à quinze centimètres de distance, ce qui était un peu flippant. Écho tendit la main et arracha le T-shirt de ses doigts, moins parce qu'Aeric le lui tendait de force que parce qu'elle avait envie de le tenir. Elle voulait tout ce qui appartenait à Rhys pour elle seule et ne voulait même pas que son camarade Gardien tienne son T-shirt. « Je crois que je suis peut-être bien en train de devenir dingue, » se dit-elle tout haut.

Aeric émit un petit bruit désapprobateur et reprit le T-shirt pour le poser sur les épaules d'Écho. L'odeur de Rhys envahit ses sens, et une partie de la tension au plus profond d'Écho se dissipa ; jusqu'à cet instant, elle n'avait même pas eu conscience de la présence de ce sentiment négatif.

« C'est mieux, là ? » demanda Aeric d'un air suffisant.

Écho lui lança un regard mauvais mais ne répondit pas, reportant plutôt son attention sur le miroir. Elle se mordit la lèvre et entailla son autre paume cette fois, puis l'abattit sur le miroir.

Elle rouvrit son esprit, en souhaitant que l'image du vaste circuit apparaisse. Cette fois, lorsqu'elle examina le réseau, ses sens étaient beaucoup plus clairs. Elle sentit immédiatement une connexion potentielle l'effleurer et la suivit sans hésiter. Maintenant, sa poursuite lente et fluide, elle se focalisa sur un segment de circuits qui clignotaient.

« Ah, » souffla Écho. Une lueur vacilla, un minuscule fragment d'information prêt à être cueilli. Écho tira dessus, enfermant la lumière en elle, et des images commencèrent à se former dans son esprit. Écho trouva d'abord Tee-Elle, puis entreprit de reculer lentement, découvrant à chaque fois un peu plus du tableau global.

Tee-Elle, qui essayait de crocheter une serrure dans une minuscule pièce obscure. Une maison de trois étages recouverte d'une peinture blanche lépreuse. Les chiffres 227 sur la porte d'entrée. La rue nette, d'aspect familier. Le quartier, assorti de son panneau.

Bienvenue sur le Site Historique d'Algiers Point, indiquait-il.

« Je l'ai trouvée ! » s'écria Écho.

Elle laissa la vision se dissiper et ouvrit les yeux avec un sourire soulagé. Pendant un instant, elle fut complètement déroutée. Puis elle s'aperçut qu'Aeric n'était nulle part en vue. Rhys se tenait à sa place, fulminant de colère.

« Euh... salut ? dit Écho en fronçant le nez. Quelles sont les chances pour qu'Aeric ne t'ait *pas* raconté mon plan ?

– Aucune, » dit Rhys en croisant les bras. Ses yeux émeraude s'étaient assombris jusqu'à devenir presque noirs et il semblait faire d'immenses efforts pour s'empêcher de déchaîner toute sa colère sur Écho.

Rhys lui prit les mains et les retourna paumes vers le haut et sa mâchoire se contracta tandis qu'il examinait l'entaille qu'elle avait faite avec le couteau suisse.

« Tu n'avais pas besoin de te faire mal. J'aurais trouvé ta tante sans ton sang, gronda-t-il.

– Et quand, au juste ? » demanda-t-elle, les mots sortant de sa bouche avant qu'elle n'ait eu le temps de les peser.

Rhys la lâcha et se retourna pour faire les cent pas. Chaque ligne de sa silhouette était tendue et Écho le voyait ouvrir et fermer les poings.

« On savait déjà qu'elle était à Algiers Point. On aurait trouvé la maison en quelques heures, grommela-t-il, les dents serrées.

– Oh, » dit Écho avec une grimace. Elle était parvenue à insulter sa capacité à faire son travail *et* à insinuer qu'elle ne lui faisait pas confiance, le tout en une seule phrase fluide.

Elle regarda Rhys faire les cent pas en direction de la fenêtre et écarter d'une légère poussée le rideau occultant pour laisser entrer un rayon de soleil bienvenu.

« Donne-moi le numéro de la maison, Écho, » dit Rhys en se frottant la nuque.

Écho dut mobiliser toutes les ressources en son pouvoir pour s'empêcher de lui donner ce qu'il voulait, simplement pour qu'il puisse apaiser la blessure faite à son orgueil.

« Je veux y aller avec vous, » dit Écho.

Rhys s'immobilisa et, pendant un instant, Écho se dit que la veine qui palpitait sur le côté de son cou risquait vraiment d'éclater.

« Essaierais-tu de me tuer, très chère ? gronda-t-il. D'abord, tu évites mon lit. Ensuite, tu doutes de ma capacité à faire mon travail. Et voilà qu'à présent tu penses que j'ai besoin d'une nounou quand je me bats ? »

Écho se mordit la lèvre et secoua la tête.

« Je ne... ce n'est pas ce que je voulais dire, Rhys. »

Rhys se tourna lentement vers elle, la clouant sur place d'un regard glacial et furieux.

« Tu ne viens pas avec nous. Tu vas rester ici, là où je te sais en sécurité. »

Écho baissa les yeux vers la table, et suivit du bout de son doigt les spirales formées par un nœud du bois.

« Regarde-moi ! » tonna Rhys. Tout à coup, voilà qu'il était à côté d'Écho et la levait de son siège.

Écho le regarda fixement, surprise par la véhémence de son insistance.

« Dis-moi que tu vas faire ce que je te dis, exigea Rhys.

– Je... hésita Écho.

– Ma partenaire, je te jure que si tu mets un seul pied hors de cette maison, je te punirai, lui dit Rhys. À présent, dis-moi que tu vas te tenir tranquille. »

Après un instant d'hésitation, Écho hocha la tête. Rhys

examina son visage pendant plusieurs longues secondes avant de la relâcher. Elle crut qu'il allait partir en trombe, au lieu de quoi il la saisit par le poignet et la conduisit hors des appartements d'Aeric.

« Ne reviens plus jamais à cet étage, » marmonna Rhys en la guidant jusqu'à ses appartements.

Écho réprima le soupir qui menaça de lui échapper et se contenta de hocher la tête à la place. Rhys la conduisit à sa chambre et l'assit sur son lit, la faisant attendre tandis qu'il allait chercher le matériel de premier secours.

Le silence régna pendant que Rhys nettoyait et pansait sa paume, resserrant l'étrange lien entre eux à chaque contact. Il était étonnamment tendre, surtout après avoir vu le besoin de domination qui l'envahissait seulement quelques minutes plus tôt.

Une fois Écho soigneusement pansée, Rhys s'assit sur le lit à côté d'elle et passa un bras autour de sa taille pour l'attirer à lui. Il lui souleva le menton et chercha ses lèvres pour lui donner un baiser profond et avide.

Il semblait que son futur partenaire fût tout aussi affecté qu'Écho par les dispositions insatisfaisantes qu'ils avaient prises pour dormir, ce qui lui donna le vertige.

« Donne-moi le numéro de la maison, » dit Rhys en rompant le baiser.

Écho fronça les sourcils et se demanda si son baiser n'avait pas eu pour seul but de la séduire afin qu'elle divulgue l'information. Un seul regard dans les yeux d'un vert étincelant de Rhys et le lien de leur union tira sur son cœur, faisant s'entrouvrir ses lèvres contre son gré.

« Deux-cent-vingt-sept, Pacific Avenue, » lâcha Écho avant d'avoir pu s'en empêcher.

Une pointe d'amusement illumina les traits de Rhys tandis qu'il déposait un autre baiser sur les lèvres d'Écho. Il s'écarta trop tôt, la laissant frustrée.

« Tu ferais bien d'être dans mon lit à mon retour, dit Rhys, dont le ton direct fit rougir Écho. Je crois que ça te plaira autant qu'à moi. »

Sur ces paroles, il fit volte-face et descendit l'escalier, sans doute pour rassembler les autres Gardiens en vue de leur mission. Écho tira la langue à son dos qui s'éloignait, puis se laissa retomber sur le lit avec un grognement de colère.

« Connard, » murmura-t-elle, mais ça ne venait pas du cœur.

Rhys était un mâle alpha et son caractère dominant était une part essentielle de sa personnalité. Il était autoritaire et exigeant, ce qui le rendait tout aussi attirant qu'agaçant. Écho ne pouvait nier que ces mêmes choses qui lui donnaient envie de s'arracher les cheveux mouillaient également sa culotte.

Mais ça ne signifiait tout de même pas qu'il fallait qu'elle s'écrase et se contente d'encaisser, si ? Quel homme aurait voulu d'une partenaire docile et inerte ? Les amis mecs d'Écho à l'Université de Loyola avaient un nom pour les femmes qui manquaient d'une certaine étincelle, que ce fût au lit ou en termes de personnalité : ils appelaient ça *faire l'étoile de mer*.

Les lèvres d'Écho s'incurvèrent tandis qu'elle réprimait un gloussement. Elle était beaucoup de choses, mais une étoile de mer n'en faisait pas partie. Elle s'assit et regarda pensivement autour d'elle dans la chambre de Rhys. Elle tourna en rond pendant un moment, en essayant de trouver une bonne idée. Plusieurs choses lui vinrent à l'esprit, mais elle rejeta chacune d'entre elles soit parce qu'elle était inutile, soit parce que trop proche d'un manquement à sa parole envers Rhys.

Enfin, une ampoule s'alluma dans sa tête et elle sourit.

Et si... et si je pouvais seulement regarder, sans être sur place ? Elle n'aurait même pas besoin de sortir du manoir.

Écho se leva d'un bond et redescendit discrètement dans les appartements d'Aeric, ignorant délibérément l'ordre de Rhys lui intimant de ne pas y entrer. Elle s'empara du miroir de vision et descendit en courant jusqu'au rez-de-chaussée, où elle posa le miroir sur la grande table de la salle à manger.

Elle n'avait pas besoin de sang cette fois – son lien avec Rhys était déjà si fort qu'elle pouvait pratiquement sentir sa présence. Elle était à peu près sûre que ça suffirait pour le rechercher par la vision. Ensuite, elle pourrait simplement observer le déroulement de la scène, apaisant ses angoisses sans défier Rhys.

Elle posa ses mains bandées sur le miroir et ferma les yeux. Une seconde plus tard, elle s'écartait en glapissant et en secouant ses doigts en feu.

« C'est quoi, ce délire ? s'écria-t-elle en regardant les extrémités rougies de ses doigts. Ils ont maudit ce fichu miroir ? Argh ! »

Écho regarda fixement le miroir pendant quelques instants, puis l'arracha de la table. Le maléfice était probablement lié aux protections du manoir, comme l'étaient la plupart des sortilèges de Gabriel. Il fallait donc qu'elle sorte quelques instants de ces protections afin de faire en sorte que son sort de vision fonctionne.

Souriant de sa propre ingéniosité, Écho sautillait pratiquement en franchissant la porte d'entrée. De larges marches de marbre s'étendaient du perron du manoir jusqu'à la rue et Écho les descendit d'un pas traînant. Les sortilèges de protection s'arrêtaient à la dernière marche, aussi Écho prit-elle place sur un banc à moins d'un mètre de là. Suffisamment proche pour se cacher en cas de danger, suffisamment loin pour se servir du miroir. Probablement.

Écho posa le miroir sur ses genoux et posa ses mains à plat dessus, mais un petit bruit l'interrompit dans son travail. Elle pencha la tête et écouta. On aurait dit… quelqu'un qui pleurait ?

Écho se leva et posa le miroir sur les marches protégées du manoir avant de retourner et de regarder autour d'elle. Il lui fallut un instant pour identifier la source du bruit, mais elle finit par voir une petite silhouette recroquevillée par terre, juste de l'autre côté de la grille en fer forgé qui délimitait la cour du Manoir.

« Hé, appela Écho. Hé, tout va bien ? »

La silhouette se retourna, révélant une petite fille brune au visage ruisselant de larmes.

« Tout va bien ? réessaya Écho.

– J'ai perdu ma maman, dit la petite fille, dont le visage se plissa pour produire une nouvelle série de sanglots et de larmes.

– D'accord, ne t'en fais pas, » dit Écho en lançant un coup d'œil par-dessus son épaule. La porte d'entrée du manoir s'ouvrit, ce qui signifiait que Duverjay risquait à tout instant de faire son apparition. Il était probablement sur le point de ramener physiquement Écho dans le domaine protégé du manoir et au diable la petite fille.

Écho ouvrit le portail et fit un pas en direction de l'enfant.

« Qu'est-ce que tu dirais d'entrer ? demanda Écho.

– J'peux pas, hoqueta tristement la petite fille.

– Pourquoi ça ? Je peux appeler la police et on n'aura qu'à rester assises ici, sur les marches, » dit Écho en lançant un coup d'œil à la maison derrière elle. Duverjay était effectivement en train de descendre l'escalier en ouvrant la bouche, sans doute dans l'intention de crier sur Écho pour son impertinence.

Écho reporta son regard sur la petite fille et sa bouche s'assécha.

Il n'y avait plus de petite fille, seulement une grande créature d'aspect épouvantable, à la peau bleue et visqueuse, aux griffes cruellement recourbée et pourvue de dents apparemment aussi tranchantes que des rasoirs.

« Merde ! dit Écho en reculant précipitamment, mais bien trop lentement. Non, non, non ! »

La créature sembla sourire lorsqu'elle la saisit par les bras et la ramena brutalement en arrière, tout en sifflant à l'encontre de Duverjay. Duverjay leva une arbalète d'argent et décocha un carreau. Le monstre poussa un hurlement de douleur qui devint invraisemblablement sonore. Le monde tout entier ralentit pendant un instant et le cœur d'Écho s'affola lorsqu'elle comprit que la créature était en train d'essayer de l'entraîner dans un autre trou de ver.

Écho cessa brusquement de résister à la créature et s'affaissa contre elle. Surprise, la créature la lâcha pendant un instant, juste assez longtemps pour qu'Écho plaque ses mains dessus et libère un frémissement d'énergie.

Les hurlements cessèrent tandis que sa magie traversait le corps de la créature en grésillant, l'enveloppant dans un brasier de lumière et de chaleur. Un instant, elle la regardait, bouche bée, en grinçant des dents. L'instant d'après elle avait disparu, détruite.

Écho prit une profonde inspiration alors même que ses genoux cédaient. Elle eut vaguement conscience du fait que Duverjay l'avait soulevée et avait entrepris de la ramener au Manoir.

Ses yeux se révulsèrent et la dernière pensée qui lui traversa l'esprit fut qu'elle avait peut-être sous-estimé le majordome, en fin de compte.

CHAPITRE 12

RHYS

Rhys entra dans le manoir d'un pas décidé, en lançant à Gabriel un regard perçant. Gabriel avait un bras passé autour de la minuscule Tante Elle, la tante d'Écho, qui semblait sur le point de tomber d'épuisement. Duverjay les retrouva à la porte d'entrée et adressa à Rhys une drôle de révérence.

« Votre dame se repose à l'étage, » dit le majordome. Duverjay avait mis Rhys au courant de la tentative d'évasion d'Écho qui avait frôlé le désastre, anticipant sans doute la fureur de Rhys face à son incapacité à la garder dans le manoir pour une petite heure.

Rhys hocha sèchement la tête à l'adresse de Duverjay, et le majordome s'éclipsa. Rhys reporta son attention sur Gabriel, Aeric et Tee-Elle.

« Gabriel va vous emmener en haut pour que vous vous reposiez un moment, dit Rhys en prenant la main de Tee-Elle et en la serrant dans la sienne. Écho et vous pourrez prendre le petit-déjeuner ensemble demain matin, dès que vous vous en sentirez la force.

— T'es trop gentil, » dit Tee-Elle en tapotant le bras de Rhys avec un faible sourire. « Ça doit être pour ça que tu plais tellement à mon Écho. »

Le regard de Rhys dériva vers le deuxième étage et il s'efforça de conserver une expression neutre. Intérieurement, il n'était que colère tonitruante, mais la pauvre Tee-Elle n'avait pas besoin de le savoir.

« Sûrement, marmonna Rhys. Gabriel, aide-la à monter, s'il te plaît. »

Gabriel adressa un clin d'œil à Tee-Elle, ce qui la fit rire, et ils montèrent tous deux d'un pas lent jusqu'à la chambre d'amis du premier étage. Aeric avait déjà donné à Rhys la permission d'y installer Tee-Elle jusqu'à ce qu'on lui eût trouvé quelque chose de plus définitif.

« Tu vas probablement devoir la battre. »

Le regard de Rhys vint brusquement se poser sur Aeric, qui paraissait bien trop amusé.

« La ferme. J'espère que quand tu trouveras ta partenaire, elle te torturera deux fois plus. Trois fois plus, en fait. » Aeric eut un discret sourire en coin et haussa les épaules.

« J'ai mille ans. Si je n'ai pas encore trouvé ma partenaire, les chances pour que ça arrive sont proches de zéro, » répondit Aeric.

Rhys s'efforça de ne pas rester bouche bée devant Aeric tandis que l'autre Gardien faisait volte-face et passait au séjour. Mille ans ? Rhys savait que les ours métamorphes pouvaient vivre des siècles, mais mille ans ? Il n'avait jamais rien entendu de tel. Sans parler du fait qu'Aeric était dans la fleur de l'âge et plus vif et en forme que quiconque Rhys eût jamais connu.

La petite révélation d'Aeric, distraction fort opportune, contribua à faire redescendre la colère de Rhys. Sa colère se dissipa un peu plus tandis qu'il montait l'escalier et lorsqu'il trouva Écho profondément endormie dans son lit il eut du mal à conserver ce qu'il en restait.

Lorsque Rhys s'assit à côté d'elle sur le lit, Écho remua, s'éveilla en battant des paupières et s'étira. Elle se figea en le voyant et se mordit la lèvre inférieure.

« Je n'essayais pas de m'enfuir, lâcha-t-elle à brûle-pourpoint, tandis qu'une rougeur charmante se répandait sur ses joues.

– Ah, non ? » demanda Rhys en haussant un sourcil. Il avait du mal à empêcher ses lèvres de sourire ; elle était mignonne et vulnérable ainsi, enveloppée dans l'édredon tandis qu'elle repoussait sa masse de cheveux blonds de son visage.

« Je voulais seulement regarder, soupira-t-elle. C'est pour ça que j'avais le miroir. Mais quelqu'un a jeté un sortilège sur le miroir pour qu'il me brûle si j'essayais de m'en servir, donc il fallait que je sorte de l'enceinte des sorts de protection. »

Rhys rumina l'information un moment, en secouant la tête. Non seulement elle avait contourné ses souhaits, mais elle avait carrément réussi à se mettre encore plus en danger en le faisant. Écho ne semblait pas être du genre à bien se plier aux ordres et Rhys aurait dû s'attendre à quelque chose de ce genre. De fait, il s'y était attendu et était même allé jusqu'à avertir Duverjay. Malheureusement, Écho s'était avérée trop sournoise pour le majordome, si fouineur qu'il fût.

« Je comprends, dit Rhys, décidant de ne pas raviver le débat sur le sujet.

– Ah bon ? demanda Écho en se soulevant pour venir s'asseoir plus près de lui. Je pensais que tu serais vraiment furax. » Rhys eut un sourire en coin.

« Oh, je le suis, assura-t-il. Je suis hors de moi, en fait. J'en ai après toi et après Duverjay. Il était censé te garder. »

L'expression d'Écho s'assombrit et il vit qu'elle avait envie de contredire sa déclaration. Elle le regarda fixement pendant plusieurs longues secondes, puis leva les yeux au ciel.

« Comme tu voudras, conclut-elle en baissant ses yeux pleins de défi.

– Écho, » dit Rhys en s'approchant et en prenant son menton dans sa main.

Elle lui lança un éclair de ses yeux améthyste étourdissants et ses lèvres s'entrouvrirent pour parler, mais Rhys étouffa sa réponse d'un baiser. Il s'efforçait de faire en sorte que le baiser restât léger et espiègle, mais Écho ne parvint même pas à lui laisser ce peu de sang-froid. Elle répondit à son baiser avec une passion, infinie, les mains agrippées à ses épaules, un petit gémissement vibrant du fond de sa gorge.

Rhys approfondit le baiser, mêlant sa langue à la sienne, aguichant et dansant jusqu'à ce qu'ils fussent tous deux à bout de souffle. Rhys dût faire un effort pour s'écarter.

« Est-ce que tu es blessée ? Dis-moi la vérité, exigea-t-il en scrutant son visage.

– Non, murmura Écho. Pas une égratignure. »

Rhys s'empara à nouveau de ses lèvres avec un grognement avide, ne la lâchant que pour lui ôtait la robe d'été qu'elle portait. Lorsqu'il s'aperçut que c'était sa chemise qu'elle portait, un barrage en lui céda. Il la contempla longuement, elle qui ne portait rien d'autre qu'une minuscule culotte blanche et son odeur, il sut qu'il fallait qu'il s'empare d'elle. Il n'attendrait plus. Rhys souleva et arracha son propre T-shirt , puis il allongea Écho sur l'épais édredon de duvet.

Il leva ses bras au-dessus de sa tête et les y maintint tandis qu'il admirait l'arc gracieux de son torse dévêtu, la perfection de ses seins nus. Ses mamelons formaient déjà des pointes durcies et Rhys voyait la chair de poule qui recouvrait ses bras et ses côtes.

Il se pencha en avant, tout en maintenant ses poignets d'une main et donna de petits coups de langue sur un mamelon sombre et parfait. Il se mit à saliver tandis qu'il suçait et mordillait, arrachant aux lèvres d'Écho un bégaiement. Libérant ses mains, il prit ses deux seins dans ses mains en coupe et les souleva plus haut, la tourmentant de ses lèvres et de ses dents jusqu'à ce qu'elle frémisse sous lui.

Les ongles d'Écho allaient et venaient paresseusement le long de son dos et Rhys avait la nette impression que dans quelques minutes seulement, elle allait marquer sa chair. Imaginer Écho dans les affres de la passion encouragea Rhys à continuer et il se leva pour lui enlever sa culotte. Écho souleva son bassin pour l'aider, mais avant qu'il ne pût se pencher à nouveau sur elle, elle l'arrêta en posant sa main sur sa poitrine.

« Je veux te voir tout entier, » dit-elle en se mordant la lèvre inférieure.

Les mains d'Écho vinrent légèrement se poser sur la ceinture de son pantalon et défirent le bouton et la fermeture éclair avant de le faire descendre sur ses hanches d'un geste brusque. Rhys s'écarta du lit et envoya complètement valser son pantalon, appréciant l'expression stupéfaite du visage d'Écho tandis qu'elle l'examinait complètement nu. Sa queue dépassait fièrement de son corps, épaisse et durcie de désir pour elle, et lorsqu'il revint auprès d'elle, il poussa un grognement lorsqu'Écho encercla son membre de ses doigts tremblants.

Il aurait ri en voyant l'expression mêlée d'effroi et d'admiration sur son visage, mais Écho explora sa verge en plusieurs caresses hésitantes, contractant et faisant frémir chaque muscle de son corps. Lorsque Écho passa sa langue sur sa lèvre inférieure et leva vers lui un regard interrogateur, Rhys secoua la tête.

« Si tu te sers de ta bouche sur moi, je ne tiendrai jamais, dit-il. Je bande pour toi depuis que j'ai posé les yeux sur toi. » À sa grande surprise, Écho lui adressa un large sourire.

« Je ferai vite, c'est promis, dit-elle en le poussant sur le dos.

– C'est ce que je crains, » dit Rhys, mais il ne fit rien pour l'arrêter tandis qu'elle descendait lentement le long de son corps.

Écho ferma son poing autour de sa queue et en titilla le bout par de rapides coups de langue qui rendirent Rhys fou. Lorsque la douce chaleur de sa bouche engloba le bout de sa queue, Rhys dut mobiliser tout son sang-froid pour la laisser tranquille. Tout ce qu'il voulait à cet instant, c'était poser une main derrière sa tête, la pencher pile au bon angle et baiser sa bouche en s'abandonnant complètement. Dieu savait qu'il l'avait suffisamment imaginé au cours de la semaine passée, ce qu'il ressentirait si Écho le prenait jusqu'au fond de sa gorge.

Son cœur tonnait dans sa poitrine et la repousser le tua pratiquement. Il fallait qu'il la baise correctement, qu'il scelle leur lien par une morsure d'accouplement. De plus, il voulait qu'elle continue de s'extasier sur ses talents dans la chambre à coucher, ce qui ne risquait pas d'arriver s'il se répandait dans sa bouche comme un adolescent puceau.

Mais bon sang, sa bouche était la chose la plus douce qu'il eût jamais sentie.

Repoussant doucement Écho de sa queue, il l'attira à lui jusqu'à ce qu'elle fût étendue de tout son long sur son corps. En l'embrassant profondément, il poussa un grondement lorsqu'il sentit le goût terreux de sa queue sur sa langue.

Écho glissa sa main entre eux et saisit à nouveau sa verge, alignant leurs corps. Rhys fut stupéfait de sa moiteur lorsque le sommet de sa queue entra en contact avec son sexe ; la sentir si prête attaqua son sang-froid à grands coups de griffes et il sut qu'il fallait qu'il prenne le contrôle, sans quoi elle le priverait de sa virilité.

Rhys eut un demi-sourire en entendant le petit cri étranglé que poussa Écho lorsqu'il la retourna et lui écarta largement les jambes, empoignant sa queue pour en frotter le bout de haut en bas le long de son sexe, de son clito à son passage.

Écho geignit et Rhys fut atterré tant par son désir à elle que par le sien. Il prit un instant pour titiller son clito de son pouce tandis qu'il appuyait le large bout de sa queue contre son entrée, en se délectant de ses gémissements frustrés. Elle s'agrippa à ses épaules, en essayant de l'attirer plus près, mais Rhys laissa la tension monter, désireux de savourer les premiers instants.

Lorsque Écho donna un coup de bassin contre lui, forçant la queue de Rhys à entrer en elle d'à peine quelques centimètres, Rhys perdit une partie de son précieux sang-froid. Agrippant ses hanches, il observa son visage tandis qu'il s'enfonçait en elle, glissant profondément d'un seul puissant coup de reins, étirant son corps pour l'accueillir.

« Oh ! s'écria Écho, tandis que Rhys grondait à son contact.

– Putain, t'es tellement parfaite, gronda-t-il, les dents serrées. Tellement étroite. »

Il donna un nouveau coup de reins, incrédule. Il savait qu'elle serait extraordinaire, mais c'était bien plus encore. Chaque centimètre glissant et étroit de son passage s'agrippait à lui et il lui fallut toute sa concentration pour ne pas se déverser sur-le-champ.

« Rhys, geignit Écho. Je… »

Elle n'eut pas besoin de lui dire qu'elle était proche, il le sentait. De fait, tandis que Rhys instaura un rythme soutenu, allant et venant dans son étroite chaleur, il commençait à ressentir autre chose que son propre plaisir. Il pouvait bel et bien également ressentir un peu du plaisir qu'elle éprouvait, dédoublant son propre ravissement.

C'était écrasant, au sens le plus glorieux du terme. Rhys ralentit afin de pouvoir hisser les genoux d'Écho sur ses épaules, puis s'enfonça en elle encore plus brutalement.

« Rhys ! » cria Écho. S'il n'avait pas été en mesure de ressentir son plaisir, il aurait cru qu'il était en train de la tuer.

Il la prit profondément, brutalement et rapidement, se perdant dans la sensation de son corps, l'un de ses seins incroyables reposant dans la paume de sa main tandis qu'il allait et venait en elle et sentait les muscles d'Écho commencer à se contracter autour de lui.

Il glissa sa main autour d'elle jusqu'au creux de son dos, la soulevant de quelques centimètres, en s'efforça de trouver l'angle parfait...

Écho poussa un hurlement et sa voix fit voler sa concentration en éclats, mais Rhys se contenta de sourire. Apparemment il avait tapé dans le mille, car Écho convulsa contre lui et que son entrejambe se contracta, trayant sa queue. Son expression n'était qu'extase lorsqu'elle jouit, en un orgasme violent et étourdissant.

Alors seulement, Rhys laissa son cul retomber sur le matelas et s'autorisa à se concentrer sur sa propre jouissance, ne parvenant qu'à donner une poignée de coups de reins de plus avant que son corps ne se contracte invraisemblablement. Sa jouissance le prit presque par surprise, faisant jaillir un cri brutal de sa gorge tandis qu'il se déversait profondément dans le corps d'Écho. Il jura tout en déversant jet après jet à l'intérieur de sa partenaire, dont le corps le vidait complètement.

Rhys enfouit son visage contre le cou d'Écho, enfonçant profondément ses dents dans le point sensible où son épaule rejoignait sa nuque. Écho cria et frémit à la fois de plaisir et de douleur, deux sensations si fortes que Rhys les ressentit jusque dans ses os. Lorsqu'il la libéra, il prit son temps pour lécher la marque, en se servant de leur lien pour guérir la plaie, laissant une marque d'accouplement fraîche et rouge derrière lui. Sa marque sur sa chair, sa semence dans son corps, son emprise sur son cœur.

Soudain, Rhys était enfin comblé.

Rhys donna à Écho un dernier baiser, long et profond, avant de se retirer et de s'effondrer à côté d'elle. Il l'attira contre lui, satisfait pour l'instant de rester allongé là, de reprendre son souffle et d'écouter la respiration laborieuse d'Écho.

CHAPITRE 13

ÉCHO

« **J**e veux que tu viennes travailler pour les Gardiens, ma belle. »

Écho tourna la tête pour regarder Rhys et son cœur s'emplit d'affection à la seconde où leurs regards se croisèrent. Son esprit dériva, pensant au fait qu'il lui *appartenait* à présent et son corps commença à s'échauffer tandis qu'elle réfléchissait à tout ce que cela impliquait. Il n'y avait que deux jours qu'ils avaient scellé leur accouplement, mais Écho et Rhys semblaient en compétition pour savoir lequel des deux parviendrait à épuiser l'autre en premier, leur désir mutuel croissant d'heure en heure.

« Écho ? dit Rhys, interrompant le fil de ses pensées.

– Hein ? » demanda-t-elle.

Un large sourire s'étala sur le visage de Rhys et Écho dut se retenir physiquement de se lécher les lèvres et l'attirer à elle pour un de ces baisers qui affolaient leurs cœurs.

« Je t'ai demandé de venir travailler pour les Gardiens, lui rappela-t-il.

– Oh. Euh... quoi ? » demanda Écho, perplexe.

J'ai parlé à Mère Marie et elle est d'accord sur le fait qu'on devrait te demander de venir travailler pour nous. » Écho fronça les sourcils.

« Tu veux juste m'avoir sous la main pour garder un œil sur moi, » dit-elle. Ce jour-là était sa deuxième journée après son retour à son travail dans le Quartier Français et Rhys n'avait rien fait pour cacher le fait qu'il n'aimait pas qu'elle parte. Si l'on pouvait dire qu'un homme faisait la moue, c'était exactement ce qu'il avait fait.

« Oui, » reconnut-il, saisissant sa main lorsqu'elle la leva et lui donna une tape sur le bras. Il retourna ses doigts entre les siens et y déposa un baiser. « Ne te mets pas en colère. Je ne supporte simplement pas l'idée que tu te promènes sans protection.

– Rhys, dit Écho, serrant ses doigts entre les siens avant de reculer. Tu vas devoir t'y habituer. Tu ne peux pas me suivre partout toute la journée, tous les jours, où que j'aille. Je suis une personne indépendante et j'ai droit à mon intimité si j'en ai envie. »

Rhys plissa les yeux, mais il n'osa pas la contredire. « Ce n'est pas la seule raison pour laquelle je veux que tu viennes travailler pour nous, » dit-il, changeant de tactique.

– Ah bon ? » demanda Écho, sceptique.

« On a besoin de quelqu'un pour gérer les tâches quotidiennes des Gardiens. Prendre les appels, maintenir une base de données de renseignements, ce genre de choses.

– Mais ce n'est pas Duverjay qui s'occupe de ça? » demanda Écho.

Rhys renifla dédaigneusement et les lèvres d'Écho tressaillirent. Au moins, il avait été parfaitement honnête sur ce dernier point.

« Pas vraiment. Il s'occupe des tâches domestiques, rien de plus. Duverjay a été parfaitement clair sur ce point, » dit Rhys.

Écho réfléchit à ses paroles, les lèvres retroussées.

« Je ne sais pas trop si je ferais l'affaire. Je n'ai jamais travaillé dans un bureau, dit-elle.

– Je ne pense pas qu'un employé de bureau soit ce qu'il nous faut, à moins que le rôle n'exige de tenir des tableurs pour recenser les attaques de vampires et les rumeurs sur des sorcières qui ressuscitent les morts, » lui dit Rhys.

Écho ne put s'empêcher de glousser.

« Non, je suppose que non, reconnut-elle.

– En plus, d'après ce que tu m'as dit, tu as toutes les compétences de base. À ton travail, tu t'occupes des emplois du temps, ce qui serait pareil que de planifier les patrouilles pour nous. Tu tiens à jour l'inventaire et les ventes, ce qui ressemblerait beaucoup à la mise en place d'une base de données de l'activité Kith. Tu te coltines plein de connards bourrés dans le Quartier Français, ce qui devrait te préparer à supporter Aeric. »

Les yeux de Rhys pétillèrent d'amusement à sa plaisanterie, mais ils savaient tous deux qu'il n'était pas très loin de la vérité. Aeric était irritable dans le meilleur des cas et Écho ne l'avait jamais encore vu de bonne humeur.

« Je vais y réfléchir, dit Écho. Elle croisa le regard de Rhys et le regarda longuement, puis sourit. Je vais y penser, c'est promis. Ça fait juste... beaucoup. On n'a même pas discuté de certains autres points importants, comme mon appartement.

– Tu peux emménager ici, évidemment, dit Rhys en fronçant les sourcils.

– Et quand tu quitteras les Gardiens ? » demanda Écho.

Rhys se tut et Écho comprit qu'elle avait touché un point sensible.

« Tu ne sais pas quand ça arrivera ? demanda-t-elle.

– Non, dit Rhys en se levant brusquement. Je travaille pour Mère Marie jusqu'à ce qu'elle me libère.

– Hé, dit Écho en saisissant vivement sa main pour le ramener au lit et l'embrasser. Ça ne fait rien. Ça veut simplement dire que moi aussi, je suis là jusqu'à ce qu'elle te libère. D'accord ? »

Rhys baissa les yeux vers elle, plusieurs émotions se livrant bataille sur son visage. Écho passa ses bras autour de sa taille nue et musclée et déposa un baiser à côté de son nombril.

« Il faut que je me prépare, soupira Rhys. C'est à mon tour de patrouiller. Aeric et Gabriel ont pris la relève depuis ton arrivée, et je crois qu'ils commencent à en avoir marre.

– Ou plutôt à être jaloux, dit Écho en remuant les sourcils.

– Oui, » dit Rhys en se penchant pour l'embrasser une dernière fois. Il se retourna et se rendit à la salle de bain pour prendre une douche, offrant dans le même temps à Écho une vue imprenable de son derrière nu.

« Hmph, » murmura-t-elle pour elle-même en se laissant retomber sur le lit.

D'un côté, certaines gênes s'étaient accrues ces quelques derniers jours. Rhys et elle étaient profondément liés, mais ils étaient également tous les deux de nature indépendante. Sans parler de leur entêtement, un trait de caractère dont aucun des deux ne manquait. Entre deux séances de sexe spectaculaire et sportif, ils se disputaient à propos de ce à quoi ressemblerait leur avenir commun. Rhys se montrait vague à propos de ses désirs spécifiques, n'exigeant que de pouvoir « protéger sa partenaire » comme il le jugerait bon. Écho, en revanche, se montrait plus pratique et avait besoin de savoir où ils vivraient, comment ils résoudraient les désaccords, ce genre de choses.

Pour l'instant, ils s'étaient surtout contentés de se chamailler avant de finir par baiser pendant plusieurs heures, jusqu'à être tous deux trop fatigués pour râler. Restait un gros point de désaccord, centré sur Père Mal et les Trois Lumières.

Tee-Elle avait fini par en avoir assez d'être surprotégée par les Gardiens. La veille au soir, elle avait insisté pour retourner chez elle. Mais avant le départ de la tante d'Écho, tout le monde s'était rassemblé au rez-de-chaussée autour de la grande table pour discuter de cette situation. Tee-Elle avait exposé tout ce qu'elle savait au sujet des Trois Lumières et Gabriel avait ajouté quelques fragments d'information qu'il avait découvert au cours de ses recherches.

La conclusion évidente avait été qu'Écho était la Première Lumière en raison de ses facultés de médium, ce qui signifiait que la Seconde et la Troisième Lumière seraient probablement découvertes en contactant un esprit de l'autre côté du Voile. Qui cet esprit pouvait être, nul ne le savait, mais Écho avait proposé ce qui lui semblait être la solution la plus plausible.

« Je devrais me rendre aux Portes de Guinée et explorer ce qui se trouve juste de l'autre côté du Voile, » avait-elle dit, en balayant les autres du regard avec une certaine exaspération.

Rhys avait aussitôt pété les plombs, évidemment, furieux rien qu'à l'idée bien qu'il ne sût rien sur la médiumnité ou sur ce qui se trouvait de l'autre côté du Voile. Il fallait le reconnaître, Écho non plus ne savait pas grand-chose sur le sujet, mais elle avait l'intime conviction de pouvoir facilement répondre à de nombreuses questions après une traversée derrière le Voile. Après tout, c'était pour ça que Père Mal la voulait au départ, non ?

Écho retourna se blottir dans le lit de Rhys, leur lit, désormais, supposait-elle. Rhys était formidable, lui donnait l'impression d'être en sécurité, d'être désirée et chérie, mais son acharnement à ne pas la laisser participer n'allait pas faire l'affaire.

Écho laissa ses yeux se fermer et se dit qu'elle allait dormir encore une heure ou deux avant de se lever et d'entamer sa journée. Si elle devait vraiment donner sa démission au travail, à la boutique qu'elle gérait pratiquement toute seule depuis plus de cinq ans, il lui faudrait être bien reposée. Elle adorait les propriétaires de la boutique et il lui faudrait une bonne dose de fermeté émotionnelle pour leur dire au revoir.

Écho avait dû s'endormir sans s'en apercevoir, car l'instant d'après elle se retrouva debout sur le perron du manoir, face à un homme d'aspect familier. Diaboliquement grand, d'une beauté vaguement hispanique, vêtu d'un smoking... et ces yeux de la fascinante et terrifiante couleur orange des flammes.

« Père Mal, souffla Écho.

– Le seul et l'unique, » dit-il en l'observant de la tête au pied.

Elle se jeta un coup d'œil et fronça les sourcils en s'apercevant qu'elle ne portait rien d'autre que le T-shirt trop grand de Rhys. Lorsqu'elle releva les yeux, Père Mal semblait amusé.

« Vous auriez au moins pu m'habiller, non ? s'énerva Écho en croisant les bras sur ses seins.

– C'est ton rêve, ma chère, dit Père Mal, son semblant d'excuse aussi mince que du papier de soie. C'est à toi de t'habiller. »

Écho plissa le front et souhaita porter un jean et un chemisier correct et lorsqu'elle baissa à nouveau les yeux, c'était le cas.

« Comment êtes-vous arrivé ici, si c'est mon rêve ? » demanda-t-elle en levant les yeux vers Père Mal. Il était inquiétant au sens le plus surnaturel du terme et le fait de le regarder trop longtemps lui donnait la chair de poule.

« C'est difficile à dire, ma chère. Peut-être qu'une partie de toi avait envie de me parler, n'est-ce pas ? »

Écho se mordit la lèvre. Il avait peut-être raison. Elle n'avait pas exactement envie d'interagir avec lui, mais elle voulait effectivement résoudre cette situation afin de pouvoir entamer sa vie avec Rhys sans devoir regarder par-dessus son épaule.

« Pourquoi êtes-vous ici, alors ? demanda-t-elle. Curieusement, je doute que vous soyez venu ici pour m'aider.

– Tu crois que non ? demanda Père Mal en la jaugeant du regard.

– Je ne dois pas être votre genre, dit Écho en haussant les épaules. Oh, et vous êtes un kidnappeur qui envoie ses hommes de main tabasser des vieilles dames sous leur propre toit. »

Père Mal parut désarçonné, puis il éclata de rire.

« Tu dois vouloir parler de ta tante, dit-il avec un large sourire. Elle est plus que capable de se défendre, je te l'assure. Si je voulais lui faire du mal, ce serait bien plus difficile que de la retenir simplement prisonnière dans une pièce protégée par magie. Et puis, je préfère aller directement à la source. Tee-Elle ne peut pas me fournir ce que je veux.

– Moi non plus, dit Écho en posant ses mains sur ses hanches.

– Bien sûr que si. Tu fais un petit tour rapide de l'autre côté du Voile, tu parles à quelques esprits. Et ensuite, tu ne me reverras plus jamais, dit Père Mal en haussant les épaules.

– Euh, j'en doute. Rhys est un Gardien, donc j'imagine qu'on se verra souvent à partir de maintenant, répondit Écho.

– Si tu le dis, ma chère, répondit Père Mal. Je crois que toi et moi, nous ne nous croiserons pas, parce que ton partenaire ne te laissera pas sortir de la maison, pour commencer. Tu as laissé ton homme prendre le contrôle, n'est-ce pas ? »

Ses paroles la blessèrent, mais Écho refusa de se laisser intimider par lui.

« Je ne vous aiderai pas, » dit-elle d'une voix atone.

Père Mal poussa un soupir affecté et secoua la tête.

« Ne m'oblige pas à te menacer, ma chère, commença Père Mal.

– Ne m'appelez pas comme ça ! s'emporta Écho, dont la patience s'amenuisait.

– Comme tu voudras, dit-il. Ça ne change rien aux faits. Si tu ne me donnes pas ce que je veux, je tuerai ton partenaire. Et ta tante, aussi. Je continuerai de tuer jusqu'à ce que tu fasses ce que je te demande. »

Écho s'immobilisa, et s'efforça de jauger la détermination de Père Mal. Suivant l'exemple de Tee-Elle, elle ouvrit son esprit pour voir son aura et faillit reculer physiquement d'un pas en la découvrant. Il était presque entièrement rouge, une profonde teinte écarlate exactement semblable à celle du sang fraîchement répandu. La violence qui bouillonnait sous son attitude savamment calculée était flagrante.

Père Mal n'hésiterait pas à tuer Rhys, Tee-Elle et quiconque aurait la malchance d'être cher au cœur d'Écho.

« Tu as un jour pour y réfléchir, » dit Père Mal en plongeant la main dans sa veste de costume et en sortir une carte de visite qu'il fourra sous le nez d'Écho. Lorsqu'elle hésita, Père Mal lui montra carrément les dents. Pour la première fois, elle remarqua que ses dents étaient limées en pointes cruelles et ignobles.

Écho tendit la main et prit la carte de ses doigts tremblants et l'expression de Père Mal redevint parfaitement lisse et neutre.

« Excellent. J'attends d'avoir de tes nouvelles demain, Écho. Sans quoi j'irai rendre visite à ton partenaire. Il s'interrompit, puis lui lança un coup d'œil empreint de pitié. Ça ne m'empêcherait pas trop de dormir, ma chère. Tu vas me donner ce que je veux. C'est couru d'avance. »

Écho ouvrit la bouche, mais aucun son n'en sortit. Elle battit des paupières et se retrouva à nouveau étendue sur le lit de Rhys, tremblante et couverte de sueur. Elle serrait dans sa main une carte de visite froissée et Écho n'eut pas besoin de la regarder pour savoir qu'il s'agissait de celle de Père Mal.

« C'est quoi, ce délire ? » murmura-t-elle, tandis qu'elle se roulait en boule et essayait de refouler ses larmes.

Bien que le soleil ne fût pas encore levé, Écho sut qu'elle ne dormirait plus, pas avant longtemps.

Écho était allongée sur le lit, à une heure tardive de la nuit suivante, incapable de trouver le sommeil malgré son épuisement croissant. Rhys était étendu de tout son long à côté d'elle, le ventre et le visage plaqués contre l'édredon, offrant à Écho une vue imprenable sur son dos, son cul et ses jambes parfaitement sculptés. L'un de ses bras était posé sur le ventre d'Écho pour la tenir contre lui pendant qu'il dormait.

Écho tendit la main pour passer ses doigts dans ses cheveux et un sourire triste passa sur ses lèvres. Il était si beau et c'était un si bon partenaire. Peut-être un peu trop protecteur. D'accord, il était beaucoup trop protecteur, mais Écho ne s'était jamais sentie aussi chérie de toute sa vie. Le lien qu'elle avait avec Rhys était plus fort que tous ceux qu'elle avait connus jusqu'alors, même avec sa chère Tee-Elle.

Rhys s'était insinué dans son cœur et s'y était installé, même s'ils ne se connaissaient que depuis peu de temps. Écho s'inquiétait pour lui lorsqu'ils n'étaient pas dans la même pièce, tout comme il s'inquiétait pour elle. L'instinct protecteur marchait dans les deux sens entre eux et c'était la raison pour laquelle le cœur d'Écho souffrait tant à cet instant précis.

Après une heure d'ébats époustouflants et extrêmement coquins, Rhys s'était effondré sur le lit et avait annoncé que les Gardiens allaient attaquer les fiefs de Père Mal un par un, afin d'essayer de diviser son organisation et de trouver d'autres victimes d'enlèvement qu'il détenait peut-être comme il avait détenu Tee-Elle.

Écho avait hoché la tête, ne l'écoutant qu'à peine tandis qu'elle s'endormait. Puis elle avait fait le rêve le plus réaliste et le plus terrifiant de toute sa vie, où elle assistait au déroulement d'une demi-douzaine de scénarios dans lesquels Père Mal tuait

Rhys. Elle avait regardé son partenaire se faire abattre dans la rue par des voyous, se faire déchiqueter par un *zombi*. Elle avait regardé Père Mal lui arracher le cœur de la poitrine. Puis il y avait eu la mort par empoisonnement, la mort au cours d'un combat en cage sur le marché Gris contre un autre ours métamorphe, la mort par suffocation après avoir été enterré vivant par les larbins de Père Mal.

Après le dernier, Écho s'était éveillée en haletant. Rhys, toujours endormi, avait marmonné quelque chose et l'avait attirée un peu plus contre lui, à l'écoute de ses besoins même dans son sommeil. Ce fut le déclencheur, l'instant où Écho sut qu'elle allait devoir se livrer à Père Mal. Rhys était trop bon, trop merveilleux. Il protégeait la ville et veillait sur les autres Gardiens tout comme il avait veillé sur son clan.

Mais qui protégeait Rhys ? Il n'y avait personne, hormis Écho et ce ne serait certainement pas elle qui allait le laisser mourir pour quelque chose d'aussi stupide qu'une petite information.

Écho n'avait cependant pas envie de donner le nom d'une innocente à quelqu'un d'aussi mauvais que Père Mal, aussi avait-elle élaboré une jolie série de mensonges. Des noms et des informations détaillées sur la Seconde et la Troisième Lumière, le tout inventé de toutes pièces.

Tout ce qu'elle devrait faire, ce serait projeter une aura sincère tout en mentant et Père Mal n'y verrait que du feu.

C'était simple. Simple comme bonjour, se dit-elle, mais en réalité Écho était morte de peur.

Écho contempla longuement Rhys une dernière fois et repoussa doucement son bras de son ventre. Il grommela une protestation, toujours endormi comme une masse, mais Écho déposa simplement un baiser sur son épaule nue et se glissa hors du lit.

Elle se rendit dans la chambre d'amis pour s'habiller et trouver la carte de visite froissée qui indiquait les coordonnées de Père Mal, qu'elle avait cachée sous le matelas. Après avoir enfilé un jean, des baskets et l'un des T-shirts de Rhys pour lui porter bonne chance, Écho descendit l'escalier à pas feutrés. Elle fut sur le perron avant que quiconque ne s'en aperçoive et longea la moitié du pâté de maison avant de s'arrêter pour regarder en arrière en direction du Manoir, le cœur battant la chamade tandis que des larmes lui brûlaient les yeux.

Écho secoua la tête, carra les épaules et continua d'avancer, le bras levé pour héler un taxi.

C'est la seule solution, ne cessait-elle de se dire. *Tu peux y arriver. Tu peux le protéger.*

Cela n'empêcha pas une larme de s'échapper et de rouler sur sa joue tandis qu'Écho se glissait dans un taxi, incapable de chasser les regrets croissants de sa poitrine tandis qu'elle donnait l'adresse au chauffeur. Les choses étaient déjà en marche et elle les laisserait suivre leur cours jusqu'au bout.

Arriverait ce qui arriverait.

CHAPITRE 14

RHYS

Rhys fut réveillé par le bruit de son téléphone qui vibrait sur sa table de chevet. Il s'assit, désorienté, et tendit la main vers l'appareil. Il fronça les sourcils en regardant l'écran et passa son doigt dessus pour accepter l'appel tout en se retournant, les sourcils froncés à la vue du lit vide. Son cerveau essayait d'intégrer à la fois l'absence d'Écho et un coup de téléphone à quatre heures du matin et n'y arrivait pas.

« Allô ? » dit-il en balayant la pièce du regard à la recherche d'indices sur l'endroit où se trouvait Écho.

« Tu surveilles pas ma p'tite, » fit la voix de Tee-Elle. Elle semblait en colère et pas qu'un peu et Rhys battit des paupières sans comprendre.

« Comment est-ce que vous avez eu ce numéro ? demanda-t-il.

– C'est ça, la première question que tu poses ? rétorqua Tee-Elle. Tu devrais peut-être me demander où est ta nana, non ? » Le cœur de Rhys faiblit un instant.

« Euh... D'accord, où est Écho ? » demanda-t-il en se passant la main sur le visage.

« Je ne sais pas où elle va au juste, mais elle vient de partir de chez moi. Cette petite voleuse croit que j'en sais rien, mais elle s'est pointée et elle a pris certains de mes sachets de grigris. On dirait qu'elle va avoir besoin de protection et j'te parie tout ce que tu veux que cette petite idiote est en train de faire un truc dont elle va pas ressortir indemne. »

Rhys se leva d'un bond, et essaya de retrouver la trace de son jean là où il l'avait jeté plus tôt.

« Mais vous ne savez pas où elle est allé ? voulut-il savoir.

– Elle va retrouver Père Mal. Seulement, j'sais pas trop où, dit Tee-Elle. Elle a aussi pris quelques grigris qui augmentent l'intimité, qui atténuent ou cachent l'aura et la présence de magie. J'la trouve pas dans mon miroir de vision.

– Merde.

– Mmm-hmm. Tu ferais mieux de retrouver ma petite, nounours. Sinon, toi et moi, on va avoir un problème.

– Oui, dit Rhys. Merci d'avoir appelé. Je vais bientôt la ramener à la maison et vous pourrez la gronder dès que j'aurai fini. »

Tee-Elle raccrocha avec un soupir et Rhys fila hors de ses appartements jusqu'à l'étage supérieur pour taper du poing sur la porte de Gabriel. Gabriel apparut, torse-nu, et Rhys entendit un gloussement féminin quelque part dans les appartements du Gardien.

« C'est pas le moment, dit Gabriel, prêt à refermer la porte au nez de Rhys.

– Écho est partie retrouver Père Mal, » dit Rhys en maintenant la porte ouverte d'une main.

Gabriel s'interrompit, serrant les lèvres.

« Où ? demanda-t-il.

– J'en sais trop rien. Je me suis dit que tu pourrais peut-être lancer un de ces sorts de traçage comme tu l'as fait pour ce pilleur de tombes il y a quelques mois, pour nous montrer ses déplacements au cours des dernières heures. »

Au bout d'un moment, Gabriel hocha la tête.

« Retrouve-moi en bas dans quinze minutes, dit Gabriel en

se détournant. Et rappelle Aeric de sa patrouille. On va avoir besoin de lui.

– Cinq minutes, alors, » gronda Rhys, ignorant le soupir mécontent de Gabriel.

En moins de vingt minutes, les trois Gardiens se tenaient dans le gymnase, en tenue de combat et armés jusqu'aux dents. Rhys tripotait le pommeau de son épée tandis que Gabriel lançait son sort de traçage. Gabriel avait les yeux fermés et ses globes oculaires allaient et venaient derrière ses paupières tandis qu'il passait en revue les déplacements d'Écho.

Aeric regarda longuement Rhys et Rhys s'aperçut qu'il martelait son épée du bout des doigts pour essayer de tromper son impatience. Heureusement, Gabriel choisit cet instant pour ouvrir les yeux, résolvant les deux problèmes à la fois.

« Elle est à Gentilly Terrace, dit Gabriel, nommant un quartier situé à environ quinze minutes du Manoir. On savait que cette propriété appartenait à Père Mal, mais elle est complètement abandonnée. Dans l'ordre de notre liste de propriétés, on ne l'aurait explorée que dans deux semaines.

– Allez, on embarque, » dit Rhys en se tournant vers le garage.

Un raclement de gorge le figea sur place. Il pivota et trouva Mère Marie à un mètre à peine, vêtue d'une robe blanche flottante et d'une coiffe assortie. Bon sang, cette bonne femme se déplaçait comme un foutu chat. Il allait falloir qu'ils lui mettent une clochette autour du cou pour l'empêcher de les prendre par surprise.

« Maîtresse, » dirent en même temps Rhys et Gabriel. Aeric se contenta d'incliner la tête pour saluer leur patronne.

« J'ai quelque chose que vous trouverez utile, » dit Mère Marie. Elle exhiba le poignard le plus long, d'aspect le plus cruel que Rhys eût jamais vu, tout en argent, avec une étrange incrustation rouge. Le poignard reposait sur un lit de velours et Rhys nota qu'elle prenait soin de ne pas toucher le métal à mains nues.

« Qu'est-ce que c'est ? demanda Gabriel.

– Ne t'en fais pas pour ça. Tout ce que vous avez besoin de savoir, c'est qu'il est destiné à Père Mal et à lui seul et qu'il ne peut être utilisé qu'une fois. Ça l'arrêtera net, je vous le garantis. Oh, et vous devriez porter vos gants si jamais vous l'utilisez. »

Aeric prit la lame, l'enveloppa dans l'étoffe de velours et se rendit dans la cage à munitions à la recherche de deux paires de gants d'escrime en métal.

« Si l'un de nous plante Père Mal avec ce couteau, c'est terminé ? La fin des Gardiens, je veux dire ? » demanda Gabriel.

Mère Marie pencha la tête, et regarda pensivement Gabriel.

« Et où irais-tu au juste, mon cher ? » fut sa seule réponse.

Elle fit volte-face et repartit en direction de la maison, manquant la moue maussade de Gabriel.

« Allez, viens, dit Rhys en donnant une tape sur l'épaule de Gabriel. Ne la laisse pas te provoquer. »

Aeric revint, en leur lançant à chacun une paire de gants et ils prirent tous la direction du garage. Gabriel se servit d'un iPad pour sortir une image satellite et une vue depuis la rue de la maison vers laquelle ils se dirigeaient et ils abordèrent des questions tactiques sur le trajet. Ils s'engagèrent dans une partie tranquille du quartier de Gentilly Terrace et trouvèrent la maison dans une longue rue bordée de bungalows bas en briques.

« Là, sur la gauche, » dit Aeric en désignant la maison du doigt.

Rhys gara le 4x4 de l'autre côté de la rue, sans se donner la peine de faire profil bas. À la seconde où Écho avait frappé à sa porte, Père Mal s'était probablement mis à guetter les Gardiens.

Rhys ravala la colère qui brûlait dans sa poitrine à l'idée qu'Écho eût été suffisamment stupide pour se livrer à Père Mal. Il l'avait sans doute menacée, avait menacé de tuer Tee-Elle ou quelque chose comme ça. Mais le fait de n'avoir pas fait confiance à Rhys pour la protéger, pour protéger sa famille, était un coup en plein cœur.

En plus de ça, sa partenaire avait grandement facilité la tâche à Père Mal, tout en la compliquant de beaucoup aux Gardiens.

« Rhys, dit Aeric en lui donnant une petite tape sur l'épaule. Il faut qu'on exécute le plan. »

Rhys hocha la tête, chassant ses sombres pensées tandis qu'ils quittaient le 4x4. C'était Aeric qui tenait le poignard enchanté, mais les trois hommes enfilèrent des gants. Il restait encore une heure ou plus avant le lever du soleil, aussi les Gardiens étaient-ils seuls dans la rue et toutes les maisons plongées dans l'obscurité et le silence.

Ils coururent à la porte en silence, et Gabriel enfonça la porte d'entrée puis s'écarta pour laisser Rhys entrer le premier.

« Mer – » commença Rhys, mais il fut interrompu en éprouvant ce bref instant de chute libre et en entendant ce léger bruit d'aspiration. Ils étaient tombés en plein dans un trou de ver.

Rhys s'immobilisa en trébuchant et Gabriel et Aeric se cognèrent contre ses épaules, l'encadrant, tandis que tous trois s'efforçaient d'observer leur nouvel environnement. Ils étaient dans une maison complètement différente, une demeure victorienne autrefois grandiose aux murs maintenant lépreux, un lustre dépourvu de ses verreries suspendu au plafond et un immense escalier dont manquaient la moitié des marches.

Le clair de lune se déversait à l'intérieur par une fenêtre cassée près de la porte d'entrée et Rhys pencha la tête et tendit l'oreille. La maison semblait vide et silencieuse et il fit signe à Gabriel et Aeric de le suivre tandis qu'il traversait le rez-de-chaussée en s'efforçant de rester aussi silencieux que possible.

La maison était immense. Rhys passa dans plusieurs immenses salons et une vaste cuisine en se dirigeant vers la porte de derrière, qui conduisait à un jardin en friches. Toute la cour était bordée de buissons négligés qui faisaient au moins deux fois la taille de Rhys.

« Sans déconner, un labyrinthe végétal ? » soupira Gabriel en désignant du doigt une fissure dans la barrière de verdure. « Sérieux ? On est où, dans un roman de Lewis Carroll ? »

Rhys ignora la plaisanterie de Gabriel et se dirigea vers l'entrée du labyrinthe. Ils tombèrent presque aussitôt dans une impasse. Rhys se retourna et partit dans l'autre sens. En moins d'une minute, ils tombèrent dans une autre impasse, puis une autre.

« Bon sang, où est-ce qu'on est ? » demanda Rhys en levant les yeux vers le ciel. Le soleil était haut et brillant, mais l'air autour d'eux était frais et sec. De toute évidence, ils n'étaient plus à la Nouvelle-Orléans.

« Je crois… je me trompe peut-être, mais je crois qu'on est en Irlande, dit Gabriel.

– Pourquoi est-ce qu'on serait en Irlande ? demanda Aeric.

– Mère Marie a dit que Père Mal veut trouver les Portes de Guinée, parce qu'il cherche un moyen d'entrer dans le monde des esprits. Mais il y a beaucoup d'autres portes. L'Irlande en est pleine, si on sait où chercher. Ou quand on connaît justement une Fée qui veut bien vous le dire, expliqua Gabriel. Et ça colle avec la météo. L'air sent un peu le sel, comme si on était près de la mer. Je crois qu'on est dans le Sud de l'Irlande et notre ami Père Mal a trouvé un endroit où les Druides se rassemblaient autrefois, là où le Voile est le plus mince. »

Rhys grogna, peu désireux de s'engager dans un débat spéculatif alors que sa partenaire était en danger. Il continua d'avancer, de plus en plus frustré d'un instant à l'autre.

Les parois étaient de plus en plus hautes et désordonnées à mesure qu'ils avançaient et se refermaient sur eux tandis qu'ils progressaient dans le dédale ; lorsqu'ils tombèrent sur leur quatrième impasse, Rhys fut pris d'un tel accès de claustrophobie qui lui donna la chair de poule et que les petits cheveux sur sa nuque se dressèrent.

« Laisse-moi faire, dit Aeric lorsque Rhys s'arrêta et serra les poings de colère et de frustration. Il y a un truc, je pense.

Un motif récurrent. »

Rhys lui lança un coup d'œil reconnaissant et en quelques minutes ils furent profondément enfoncés dans le labyrinthe, de plus en plus proches du centre.

Gabriel les arrêta tous les deux et porta sa main en coupe à son oreille pour les encourager à écouter.

« Je n'en sais rien ! Je ne sais rien d'autre ! fit la voix larmoyante d'Écho, faible mais reconnaissable entre mille.

– Tu ne peux pas mentir à Père Mal, ma chère, lui répondit-on. Donne-moi les noms. »

Un cri aigu suivit et Aeric dut empêcher Rhys d'escalader la paroi la plus proche du labyrinthe pour atteindre Écho. Aeric prit la relève et leur fit prendre deux tournants serrés. Une large ouverture apparut au bout de l'allée et les Gardiens filèrent dans sa direction aussi vite qu'ils le purent sans se trahir.

« Cassandra ! » sanglota Écho.

Rhys fit irruption dans une clairière et trouva sa partenaire ligotée à l'immense statue de marbre d'un ange en pleurs, les bras d'Écho attachées aux ailes déployées de l'ange, son torse bloqué par les bras de la statue.

Père Mal, debout derrière elle, tenait une longue baguette fine et noire d'une main et un poignard de cérémonie de l'autre ; entre Père Mal et Écho se trouvait une étoile à sept branches tracée à la craie et au sel, au centre de laquelle était posé un miroir de vision.

Entre Rhys et Père mal se trouvaient au moins une dizaine d'hommes de ce dernier. Tandis que Rhys était aux prises avec l'homme de main en costume noir le plus proche, Père Mal s'approcha d'Écho et plaça le poignard près de son cou, tout en observant les Gardiens avec un air de curiosité indolente.

Rhys dégaina son épée et expédia deux des hommes de Père Mal en moins d'une minute, mais fut distrait lorsque Père Mal entailla la main d'Écho avec le couteau de cérémonie. Père Mal laissa son sang couler sur le couteau et en projeta une partie sur le miroir à leurs pieds, puis se pencha plus près pour lui murmurer quelque chose.

Rhys poussa un grognement et se jeta sur un autre adversaire en costume, tout en regardant Écho secouer la tête, de plus en plus pâle. Père Mal pointa sa baguette droit sur Rhys, lui laissant tout juste le temps de se baisser et de rouler sur le côté, évitant de justesse un mauvais maléfice. Le sort heurta à sa place l'homme de main, qui se recroquevilla au sol, en se griffant la gorge tandis qu'il étouffait violemment.

« Écho, ne lui donne pas ce qu'il veut ! » dit Rhys en se relevant avec difficulté. Il lança son épée sur un autre homme, le frappant en plein dans le ventre.

Un autre approcha avec un pistolet et Rhys s'accroupit pour se changer en ours. Gabriel semblait avoir eu la même idée, car quelques instants plus tard, il y avait deux immenses ours en furie dans la clairière et il ne restait plus que quatre hommes de main. Deux des hommes de Père Mal tournèrent les talons et s'enfuirent dans le labyrinthe, aussi Rhys et Gabriel mirent-ils les deux autres hors d'état de nuire.

Derrière lui, Aeric tira le poignard de son lit d'étoffe et le leva bien haut, attirant l'attention de Père Mal.

« Où l'as-tu eu ? » siffla Père Mal, dont les épaules se voûtèrent. Il recula vers la sortie du labyrinthe, sans cesser de pointer sa baguette vers Écho. « Je la tuerai si vous approchez encore. »

Rhys s'accroupit sur ses pattes arrière et poussa un rugissement assourdissant. Pas question que cet enfoiré s'en sorte. Il adressa un bref signe de tête à Gabriel, qui vint se placer entre Père Mal et Écho, le coupant de toute possibilité de lui lancer un sort.

Ce fut alors que Rhys et Aeric chargèrent. Rhys plongea pour essayer d'éloigner Père Mal de la sortie et le diriger vers Aeric. Aeric s'avança, obligeant leur proie à choisir entre faire face à un poignard ensorcelé mortel ou un ours-garou furax. En fin de compte, Père Mal tourna le dos à Rhys tandis qu'il se servit de sa baguette pour lancer un sort à Aeric.

Aeric parvint à se servir du poignard pour détourner le sort et le retourna vers le labyrinthe. Profitant de la diversion, Père Mal se tourna vers la sortie. Rhys fondit sur lui en rugissant et le rattrapa en un clin d'œil.

Alors même que Rhys s'apprêtait à enfoncer ses mâchoires dans la chair de Père Mal, Père Mal le surprit en se retournant et en *s'avançant vers* Rhys. Il y eut un éclair de métal au-dessus de la tête de Rhys et un brusque flot de douleur.

En baissant les yeux, Rhys vit que Père Mal lui avait enfoncé le poignard de cérémonie dans la poitrine. Rhys gronda et asséna un coup de patte à Père Mal. À sa grande surprise, Père Mal fit un pas de danse en arrière et esquiva son coup.

Rhys fut à nouveau surpris lorsqu'il se sentit défaillir, et que ses muscles tremblèrent et se bloquèrent. Il avait reçu de nombreuses blessures sous sa forme d'ours, et d'ordinaire, il en faisait fi sans le moindre problème. Mais cette fois, c'était différent.

La douleur commença à se diffuser dans sa poitrine et son torse, puis dans ses bras et ses jambes. Ses muscles tressaillirent et convulsèrent, ses poumons se contractèrent. Sa vision fut envahie de points brillants, puis vacilla.

Ce fut seulement lorsque Rhys s'effondra sur le sol qu'il comprit.

Il était en train de mourir.

CHAPITRE 15

ÉCHO

« *R*hys, NON ! »
Le cri déchirant jaillit de la gorge d'Écho tandis que Gabriel, sous sa forme d'ours, s'avançait vers elle d'un pas lourd et usait de ses griffes acérées pour trancher les cordes qui liaient ses poignets et sa poitrine. Écho vit Aeric disparaître à nouveau dans le labyrinthe, à la poursuite de Père Mal.

Gabriel commença à reprendre sa forme humaine, stupéfiant légèrement Écho par la violence de son changement de corps. Elle arracha son regard de lui et courut s'agenouiller auprès de Rhys, le cœur dans la gorge en voyant la plaie sanglante dans la fourrure de sa poitrine.

« Merde, merde, merde, murmura-t-elle, gémissant sous l'effort tandis qu'elle le retournait.

– Là, laisse-moi t'aider, » dit Gabriel en se matérialisant à côté d'elle. Ils parvinrent à retourner la forme d'ours de Rhys sur le dos.

« Vérifie son pouls, » exigea Écho tout en examinant la plaie ouverte. Du sang s'écoulait de la blessure, mais Écho voyait que le saignement ralentissait déjà. Elle ne savait pas trop si ça signifiait que Rhys était en train de mourir ou de guérir.

« Je ne le trouve pas, marmonna Gabriel en prenant la tête de l'ours entre ses mains et en palpant le long de sa mâchoire.

« Tu es l'un deux ! s'emporta Écho. Comment est-ce que tu peux ne pas le savoir ?

– Ce n'est pas ce que je veux dire, dit Gabriel. Ce que je veux dire, c'est qu'il n'a pas de putain de pouls. »

La bouche d'Écho s'assécha. Elle tendit ses mains tremblantes et les posa légèrement sur la plaie de Rhys. Elle ferma les yeux, et se concentra pour essayer de le guérir. La magie s'accumula en elle et essaya de se déverser, mais ne trouva nulle part où aller. D'ordinaire, elle imbibait simplement la plaie, en quelque sorte, mais là, ça ne fonctionnait pas.

« Non non non, » murmura Écho, dont les larmes piquaient les yeux.

Elle réessaya, mais sans succès.

« Écho, » dit Gabriel en lui touchant le bras.

Elle ouvrit les yeux et le regarda, ne remarquant qu'alors que des larmes coulaient sur son visage. Lorsqu'elle écarta ses mains de la peau de Rhys, sa silhouette se brouilla et repassa de l'ours à l'homme. Ce n'était pas bon signe, Écho en était pratiquement sûre.

« Écho, je crois... on est tellement près du Voile, je crois qu'il a déjà traversé, dit Gabriel, l'air grave. Ou alors il n'en est pas loin.

– Commence la respiration artificielle, dit Écho. Seulement les compressions thoraciques, d'accord ? »

Gabriel lui lança un regard.

« Je ne plaisante pas, insista Écho. Et quoi que tu fasses, ne me touche pas avant mon retour. Ne laisse personne me toucher.

– Ton retour ? Où est-ce que tu vas ? » demanda Gabriel, mais Écho l'avait déjà chassé de son esprit.

Le Voile était effectivement tout proche. Elle en avait eu une conscience aiguë à la seconde où elle était entrée dans le trou de ver et avait trouvé son chemin dans le labyrinthe en laissant le Voile l'attirer de plus en plus près.

Écho ferma les yeux et ouvrit ses sens. Le Voile n'était pas un endroit physique, ce n'était pas une porte à franchir ou un trou de ver à découvrir. Dans son esprit, on aurait dit une immense vague glacée d'air épais et humide. Elle n'avait jamais interagi avec auparavant, mais elle comprit rapidement qu'elle devrait s'imaginer en train d'initier le contact avec le Voile. Elle poserait le décor, et sa volonté serait imposée.

Écho se visualisa debout devant un immense rideau de velours doré. Dans son esprit, elle sépara le rideau en son milieu, en plissant les yeux contre la lumière vive qui brillait face à elle. Elle déglutit et le franchit d'un pas, avec l'impression d'être comme aspirée par l'air.

Le royaume des esprits la voulait, l'attirait, aussi le laissa-t-elle l'emporter. Dans son esprit, l'autre côté du rideau menait à une caverne sombre et humide. Un cours d'eau glacial ruisselait devant ses pieds nus ; ce ne fut qu'alors qu'Écho réalisa qu'elle n'était vêtue que de quelques lambeaux de gaze. Le royaume des esprits l'avait dépouillée de tout le reste, même dans son propre esprit.

En regardant à l'intérieur du tunnel mal éclairé devant elle, Écho essaya de distinguer le chemin qui l'attendait. Elle fit péniblement un pas en avant et poussa une exclamation étranglée lorsque le monde s'assombrit considérablement. L'eau à ses pieds monta de trente centimètres, lui gelant les mollets ; ce n'était plus un simple ruisseau désormais, mais une rivière qui avançait rapidement.

« Rhys ? » appela-t-elle. Quelque part dans les ténèbres, il lui sembla distinguer un mouvement presque imperceptible.

Un pas de plus en avant et Écho était complètement aveugle. L'eau lui arrivait aux cuisses, la glaçant jusqu'à l'os, poussant ses jambes par derrière comme pour l'inciter à avancer plus loin dans la caverne. Il lui vint à l'esprit qu'elle pourrait simplement se laisser tomber, laisser le courant l'emporter...

« NON ! dit Écho pour se secouer. Ne sois pas stupide. »

Un pas de plus et l'eau lui arrivait aux hanches. Écho ferma les yeux et pensa à Rhys, cherchant le lien entre eux. Il lui fallut un moment pour trouver le lien qui les unissait et tirer dessus. Il restait une pulsation de conscience en réponse, une certaine connaissance.

Il était là, et il était proche.

Écho s'arma de courage et fit un pas de plus. Au fond de son esprit, une petite voix se demandait combien de pas au juste elle se permettrait de faire avant de renoncer à lui. Une autre voix se demandait si elle parviendrait à faire cette distinction, ou si elle se laisserait emporter par la rivière.

Elle pensa tout à coup à sa mère. Sa mère s'était autrefois tenue à cet endroit précis, n'est-ce pas ? Elle était entrée dans cette même rivière, s'était tenue à ce même endroit, avait essayé de décider jusqu'où elle s'avancerait, ce qu'elle était prête à risquer pour l'homme qu'elle aimait.

Et elle avait tout perdu, n'est-ce pas ?

Tout en essuyant les larmes sur sa joue avec son épaule, Écho se demanda si elle ne ferait pas mieux de revenir en arrière. La seule idée de laisser Rhys là déchira son âme, mais son corps s'engourdissait tellement et devenait si lourd. Son cœur martelait, mais elle était si fatiguée…

« Encore un pas, se promit-elle d'une voix rauque. Rien qu'un de plus. »

Écho fit un pas de plus et poussa une exclamation stupéfaite lorsque l'eau glacée bondit jusqu'à sa poitrine. Tout son corps tremblait, ses jambes étaient plus qu'engourdies et ses doigts se changeaient en glace.

« Rhys ! appela-t-elle. Rhys, je t'en prie, reviens auprès de moi. Je ne peux pas aller beaucoup plus loin ! »

Elle leva péniblement les bras, les tendant devant son corps. Elle avait des picotements dans les doigts et quelque chose en elle lui disait qu'elle le touchait presque à présent. Tellement, tellement près…

Mais pouvait-elle prendre le risque ? Son prochain pas pourrait bien être le dernier, pourrait l'emporter, l'entraîner pour toujours dans le royaume des esprits.

Agitée de violents frissons, Écho se concentra une fois de

plus sur leur lien de paire accouplée. Elle lança une prière silencieuse, en espérant désespérément une réponse.

Elle sentit qu'on lui répondait doucement à l'autre bout, plus faiblement qu'auparavant, mais ce fut suffisant pour la faire avancer d'un pas de plus.

L'eau monta jusqu'à la bouche d'Écho, affolant les battements de son cœur tandis que son corps la suppliait d'abandonner, de cesser de lutter contre l'inévitable. Écho grimaça et tendit la main.

Ses doigts effleurèrent de la chair ferme et froide.

Écho ouvrit brusquement les yeux, bien qu'il fît trop sombre pour voir quoi que ce fût.

Rhys, se dit-elle. *Je sais que tu es là*.

Au bout d'une seconde, leur lien se tendit à nouveau. Rhys l'appelait, la cherchait.

Écho se laissa dériver un tout petit peu plus près, laissa l'eau monter jusqu'à ce qu'elle menace de recouvrir son nez. Elle tâtonna autour d'elle et trouva le bras épais de Rhys, ravie de cette petite victoire.

Évidemment, elle s'était tellement focalisée sur la manière de l'atteindre qu'elle n'avait pas réfléchi à la manière dont elle parviendrait à le ramener. Elle ne pourrait pas y arriver toute seule, il allait devoir l'aider.

Bouge, se dit-elle. *Je t'en prie, je t'en prie, bouge*.

Elle tira sur le bras de Rhys et à sa grande stupéfaction il la suivit, bougeant sans difficulté. *Le lien*, se dit-elle. *Tant qu'on se touchera, il pourra toujours revenir*.

Écho tendit la main et glissa ses doigts entre ceux de Rhys, puis se retourna et se mit à avancer à travers le courant glacial. Il était bien plus difficile de se déplacer hors du courant, l'eau devenant de plus en plus lourde à chaque seconde. Les muscles d'Écho se tendaient et tressaillaient, tout son corps tremblant sous cet effort tandis qu'elle entraînait Rhys sans interruption.

Elle avait l'impression que le périple n'avait même pas encore commencé. C'était comme si Écho et Rhys étaient deux minuscules grains de poussière dans le cosmos, invraisemblablement petits et faibles contre les forces de l'univers. Elle était dans la rivière depuis une éternité. Avait-elle jamais connu autre chose ?

Seule la sensation des doigts de Rhys dans les siens la poussaient à continuer. Elle n'arrivait pas à se rappeler pourquoi elle avançait, ni où elle allait exactement, mais elle se rappelait qu'elle n'était pas seule.

Les poumons lui firent mal lorsqu'ils émergèrent de l'eau et elle eut étrangement plus froid lorsqu'ils quittèrent le courant. Lorsqu'elle eut à nouveau de l'eau jusqu'aux mollets, elle lança un coup d'œil en arrière. Lorsqu'elle vit le visage de Rhys blanc comme un linge, ses lèvres bleues, elle se mit à pleurer abondamment, les joues brûlées par la chaleur de ses larmes.

Seule l'éblouissante teinte émeraude de ses yeux indiquait qu'il était toujours en vie.

« Ça va aller, » marmonna Écho en le faisant avancer. Ça va aller. »

Et ensuite, tout à coup, de manière impossible, ils furent au Voile. Écho tendit sa main libre, trouva le rideau de velours et l'écarta. Elle attira Rhys contre elle et le poussa d'abord dans le passage, puis s'élança à sa suite.

ÉCHO OUVRIT BRUSQUEMENT LES YEUX. Elle était dans la clairière, affalée sur le corps de Rhys. Elle tremblait si fort qu'elle arrivait à peine à bouger.

En levant les yeux, elle vit Aeric et Gabriel debout au-dessus d'elle et Rhys.

« Allez... chercher des couvertures, siffla Écho. De l'eau chaude... »

Aeric disparut et Gabriel s'accroupit pour prendre le pouls de Rhys. Il retira vivement sa main en poussant un juron.

« Il est gelé !

– Transforme-toi, gémit Écho. Reste... au chaud... »

En baissant les yeux vers Rhys, elle vit qu'il avait ouvert les yeux et les gardait rivés sur son visage. Rien n'avait jamais paru si beau à Écho.

Elle ferma lentement les yeux et le monde devint noir.

CHAPITRE 16

ÉCHO

« Combien de cartons une seule personne peut-elle posséder ? » grogna Gabriel tandis qu'il gravissait le perron du Manoir, les bras chargés de cartons.

« Désolée d'avoir des affaires, » rétorqua Écho en levant les yeux au ciel. Elle transportait une caisse en plastique pleine de DVD et un sac de voyage plein de vêtements et suivait Gabriel à l'intérieur et en haut de l'escalier jusqu'aux appartements de Rhys.

En chemin, ils dépassèrent Aeric, qui descendait les marches d'un pas lourd pour aller chercher un autre chargement d'affaires dans le camion de déménagement.

« Mais il en reste combien, là, en fait ? demanda Gabriel.

– Je crois qu'Aeric est sur le point de prendre les deux derniers cartons, » l'informa Écho.

Elle entra dans le séjour et déposa son fardeau, admirant l'immense pyramide de cartons. Elle avait donné une tonne de ses affaires lorsqu'elle avait clôturé le bail de son appartement, y compris ses meubles, mais elle possédait encore beaucoup de choses.

Elle prit une immense photographie encadrée, un cadeau émouvant de Tee-Elle. Sa mère était sur la gauche, les bras autour d'un homme que Tee-Elle avait déclaré être le père d'Écho. Raymond Caballero, en tout point aussi grand et séduisant qu'Écho aurait jamais pu l'imaginer.

Où Tee-Elle avait eu la photo, Écho l'ignorait, mais elle était très heureuse de l'avoir.

« Ce sera du meilleur effet sur le mur, annonça Rhys en arrivant avec Aeric et en posant le dernier carton d'affaires d'Écho.

– Tu crois ? » demanda Écho en se retournant pour jauger Rhys du regard.

Le médecin privé des Gardiens venait tout juste de l'autoriser à reprendre le travail sur le terrain, et Écho s'inquiétait encore pour lui. Avoir frôlé la mort l'avait vidé de ses forces et de son énergie pendant plus d'une semaine et il lui avait fallu des jours pour retrouver une forme correcte.

« Je crois, oui, » dit Rhys en approchant pour lui déposer un baiser dans le cou, la légère caresse de sa barbe la faisant frissonner.

– Vous ne croyez pas que vous pourriez attendre qu'on sorte d'ici avant de vous y mettre ? » soupira Gabriel en croisant les bras.

Écho eut un sourire en coin et agita la main à l'adresse de Gabriel et Aeric.

« Allez-y, alors. Je crois qu'on a terminé, là, dit-elle.

– Je pensais qu'on allait tous s'asseoir et parler de trouver la Seconde Lumière, dit Gabriel. Père Mal la traque probablement déjà depuis deux semaines. On est en retard.

– Je me sens fatigué, tout à coup, » dit Rhys. Écho voyait bien qu'il se retenait de sourire. « Faut que je me repose. Ordre du médecin. »

Gabriel leva les bras en l'air et chercha du regard l'aide d'Aeric, mais Aeric se contenta de hausser les épaules.

« Demain, » dit Aeric.

Gabriel pointa Écho et Rhys du doigt.

« Demain, insista-t-il.

– Bien sûr, » dit Écho avec un large sourire.

Gabriel et Aeric quittèrent la pièce en secouant la tête. En se retournant, Écho trouva Rhys juste derrière elle. Il tendit les bras et l'attira tout contre son corps, pour déposer un baiser torride sur ses lèvres. Il lui fallut plusieurs secondes haletantes pour s'écarter et poser sur lui un regard dur.

« Tu es sûr que tu n'as pas besoin de repos ? » demanda-t-elle.

Rhys ne répondit pas. Il souleva sa main gauche et la retourna, admirant un instant la bague de diamants étincelante à son doigt avant de la porter à ses lèvres pour l'embrasser.

« J'en suis sûr, dit-il en effleurant de ses dents l'endroit de son poignet où battait son pouls.

– Tu parais silencieux, c'est tout, dit Écho en l'observant attentivement.

– J'espère seulement que tu es aussi heureuse d'être ici que je suis heureux de t'avoir, » dit Rhys.

Leurs regards se croisèrent et restèrent soudés et Écho se hissa sur la pointe des pieds.

« Embrasse-moi pour le savoir, » dit-elle en haussant un sourcil.

Rhys déposa un seul baiser sur ses lèvres avant de la soulever et de la jeter par-dessus son épaule et d'abattre sa grande main sur son cul en une claque sonore.

« Tout ce que voudra la future Lady Macaulay, » dit Rhys.

Écho gloussa, mais elle n'osa pas protester. Elle était dans sa merveilleuse nouvelle demeure, se rendait utile à son nouveau poste en travaillant pour les Gardiens et à présent l'homme le plus séduisant qui fût était sur le point de l'emmener au lit.

« Alors ça ne te dérange pas qu'on ne retrouve pas les gars aujourd'hui ? » dit Rhys, et Écho distingua l'amusement dans sa voix.

« Demain, soupira Écho. Tout le reste peut attendre jusqu'à demain. »

Et il attendrait.

BULLETIN FRANÇAISE

REJOIGNEZ MA LISTE DE CONTACTS POUR ÊTRE DANS LES PREMIERS A CONNAÎTRE LES NOUVELLES SORTIES, OBTENIR DES TARIFS PREFERENTIELS ET DES EXTRAITS

https://kaylagabriel.com/bulletin-francais/

DU MÊME AUTEUR

Les Guardiens Alpha

Ne vois aucun mal
N'entends aucun mal
Ne dis aucun mal

BOOKS IN ENGLISH BY KAYLA GABRIEL

Alpha Guardians

See No Evil

Hear No Evil

Speak No Evil

Bear Risen

Bear Razed

Bear Reign

À PROPOS DE L'AUTEUR

Kayla Gabriel vit dans la nature sauvage du Minnesota où elle jure apercevoir des métamorphes dans les bois qui bordent son jardin. Ce qu'elle aime le plus dans la vie, ce sont les mini marshmallows, le café et les gens qui se servent de leurs clignotants.

Contactez Kayla par
e-mail: kaylagabrielauthor@gmail.com et assurez-vous de vous procurer son livre GRATUIT :
https://kaylagabriel.com/bulletin-francais/
http://kaylagabriel.com

www.ingramcontent.com/pod-product-compliance
Lightning Source LLC
LaVergne TN
LVHW011834060526
838200LV00053B/4025